국새 ②

국새 ❷
잃어버린 국새를 찾아라

지은이 ㅣ 이봉원
펴낸이 ㅣ 김성실
편집주간 ㅣ 김이수
편집기획 ㅣ 한승오 · 김인현 · 박남주
마케팅 ㅣ 이동준 · 김창규 · 강지연
편집디자인 ㅣ 하람 커뮤니케이션(02-322-5405)
표지인쇄 ㅣ 중앙 P&L(주)
본문인쇄 ㅣ 한영문화사
제본 ㅣ 국일문화
펴낸곳 ㅣ 시대의창
출판등록 ㅣ 제10-1756호(1999. 5. 11)

초판 1쇄 발행 ㅣ 2006년 7월 18일
초판 2쇄 발행 ㅣ 2006년 8월 30일

주소 ㅣ 121-816 서울시 마포구 동교동 113-81 (4층)
전화 ㅣ 편집부 (02) 335-6125, 영업부 (02) 335-6121
팩스 ㅣ (02) 325-5607
홈페이지 ㅣ www.sidaew.co.kr

ISBN 89-5940-044-0 (03810)
        89-5940-045-9 (전2권)
값 7,500원

국새 ❷

잃어버린 국새를 찾아라

시대의창

이 책을

민족문제연구소 7천여 명의 회원과,
친일인명사전 편찬 사업을 계속하라고
국회가 삭감한 예산 5억 원을 단 열하루 만에
국민 성금으로 만들어 준
2만2천여 명의 전국 누리꾼에게 바칩니다.

국새 ❶

1. 대 · 민 · 시 · 부 ··· 13

2. 꿈의 여행 ··· 33

3. 출국, 열 명 ··· 46

4. 귀국, 일곱 명 ··· 56

5. (상하이) 기념 촬영 ··· 60

6. (쟈싱, 하이앤, 항쩌우) 호수의 달 ··· 85

7. (쩐쟝) 살인 예언 ··· 120

8. (난징) 사라진 금장시계 ··· 148

9. (장강 따라) 여객선의 밤 ··· 166

10. (우한) 앵무새 점 ··· 195

11. (창사) 남목청 파일 ··· 216

국새

읽어버린 국새를 찾아라

국새 ❷

12. (광쩌우) 정사 ··· 9

13. (주강 따라) 응급처치 ··· 25

14. (류쩌우) 밤 기차 ··· 40

15. (꾸이양) 검령산의 비밀 ··· 55

16. (72굽잇길) 아름다운 곳에서 ··· 67

17. (치쟝, 충칭) 알리바이 ··· 81

18. (충칭) 경찰의 힘 ··· 98

19. (시안) 피눈물 ··· 123

20. (시안) 카바이드 호롱불 ··· 141

21. (시안) 덫 ··· 157

22. (시안) 불행한 유산 ··· 168

23. (서울) 뒷얘기 ··· 184

[부록] 대한민국 임시정부 문헌 분실 전말기 ··· 199

12
(꽝쩌우) 정사

호텔에서 주강이 흐르는 남쪽을 향해 큰길을 차로 달리다 보면, 동산호공원(東山湖公園)을 조금 못 가서 동산공원(東山公園)이 나온다. 서전로(署前路)와 연돈로(烟墩路)가 맞닿는 모서리에 있는 아주 작은 노인 전용 공원이다. 그러나 예전에는 이 공원을 포함해 주변 일대가 다 동산백원(東山栢園)이었다.

이 곳에서 임시정부 대가족은 짐을 풀었다. 처음엔 윈난성(云南省)의 성도 쿤밍(昆明)까지 먼거리 피난을 하려고 했는데, 꽝쩌우에 도착한 뒤 사정이 달라져 계속 머무르게 됐었다. 그때 임시판공처로 썼던 건물은 오래 전에 철거됐고, 현재는 관공서(동산구 건설국) 건물이 그 자리에 들어서 있다.

동산백원에는 또 현대적인 5층 건물의 여관(亞細亞賓館)과 수영장이 있었다. 대가족은 꽝쩌우에 머무는 두 달 동안 이 여관을 숙소로 사용했다. 난시에 망명정부와 가족들이 이런 시설에 들 수 있었던 것은

큰 행운이었는데, 후난성의 쨩쯔쫑 주석의 부탁을 받은 광뚱성 정부의
특별한 배려 덕분이었다.

"대가족의 대부분 사람은 수세식 화장실을 이 곳에서 처음 봤답니
다. 그러니 어른이고 아이고 간에 얼마나 당황스러웠겠어요. 사용법을
모르니 말이지요. 그래서 신발을 신은 채 변기 위로 올라갔다가 미끄
러져 빠지는 아이가 생기고…"

매송이 대가족의 한 분한테서 들은 아세아여관 추억담을 전하자, 답
사단 일행은 웃음을 터뜨렸다. 늘 숙연하기만 했던 유적지 현장에서
웃음꽃이 피기는 처음인데, 그만큼 이제 다들 유적지 답사에 익숙해져
있었다.

내리는 그런 사연까지 소개하는 매송을 바라보며, 남이 모르는 걱정
을 한 가지 덜었다. 그것은 이 작가가 창사 경찰국 방문의 후유증을 하
루 만에 털어 내고, 평상심을 되찾았다는 것을 뜻하는 것이기도 한 때
문이었다.

일행은, 카드 놀이에 열중하고 있는 중국 노인들 사이로 공원 안을
한 바퀴 돈 뒤, 다시 버스에 올랐다.

답사단이 두 번째로 찾은 유적지는 도시 북서쪽 관음산(觀音山) 중
턱에 자리잡고 있는 월수공원(越秀公園)이었다. 언덕에는 명나라 때
건축물인 5층 누각 진해루(鎭海樓)가 있고, 남쪽 끝에는 이 지방 예비
신혼부부들이 기념 사진을 찍기 위해 반드시 찾는다는 중산기념당(中
山紀念堂)이 있는 곳이다.

그런데 답사단이 이 곳을 찾은 까닭은 중국의 국부 쑨원이 거주했던
총통 관저가 공원 안에 있었기 때문이었다. 현재는 관저가 있던 자리

에 손선생독서치사처(孫先生讀書治事處)란 기념 표석이 세워져 있을 뿐이다.

매송이 그 표석 앞에서 일행에게 말했다.

"대한민국 임시정부 외교의 첫 수확이 정부 수립 3년째 광쩌우에서 있었습니다. 1921년 11월 3일, 임시정부 특사 신규식은 비서 민필호와 함께 중국호법정부 대총통 쑨원을 이 곳에서 만났고, 양국 대표는 상대편 정부를 서로 승인했지요. 남의 나라 땅에서 외롭게 망명 생활을 하고 있던 우리 임시정부가 처음으로 다른 나라 정부의 인정을 받은 것인데, 그것도 망명지 정부로부터 말입니다. 따라서 이 자리는 우리 독립운동사에서도 매우 커다란 의미를 지니는 유적지라 할 수 있습니다."

일행은 공원 안을 걸어 내려와, 길 하나를 건너, 중산기념당 울 안을 뒷문으로 들어갔다.

기념당은 중국 고유의 건축 양식을 살려 지은 팔각정 건물인데, 매우 아름다우면서도 품위 같은 것을 지니고 있었다. 내부는 극장 같은 초대형 회의실로 꾸몄고, 바깥 복도를 전시장으로 활용하고 있었다.

일행과 함께 전시물들을 찬찬히 들여다보던 교수는 가방 속에서 카메라를 꺼내, 자료가 될 만한 것들을 촬영했다.

건물 앞뜰에는, 쑨원의 동상이 조경이 잘 된 넓은 정원을 내려다보며 서 있었다. 그리고 그 주변 여기저기에선, 흰색 드레스나 붉은색 드레스를 입은 신부들과 양복 정장을 한 신랑들이, 한국에서 볼 수 있는 것처럼, 갖가지 자세를 취하며 결혼 앨범 사진을 찍고 있었다.

그런 모습을 보면서, 내리는 문득 백범기념관이 들어서 있는 서울 용산의 효창원을 생각했다. 그 곳도 하루빨리 옛 모습으로 복원돼, 이 곳처럼, 우리 나라 신혼부부들이 가장 즐겨 찾는 아름답고 성스러운 장소가 되기를 바랐다.

점심 식사는 다시 시내로 들어와 한국식당에서 했다. 광쩌우가 무역의 중심지가 되고 보니 장기 체류하는 한국인 사업가와 회사원이 많아졌고, 더불어 한국인 관광객도 늘어났다. 그 바람에 광쩌우에는 한국식당이 여러 군데 생겨났다고, 기쁨이 말했다.

한국에서 먹는 밥처럼 찰기가 많고 잘 퍼진 쌀밥이 나오자, 일행은 환호성을 올렸고, 오랜만에 먹어 보는 김치와 된장찌개 앞에선 행복감을 느꼈다.

식사를 마친 일행이 버스에 오르자, 매송이 말했다.

"광쩌우에 오면, 우리가 오전에 간 데말고도 한국인이라면 한 번쯤 둘러볼 만한 곳이 더 있습니다."

그리고 찾아간 곳이, 시내 중심지 중산3로(中山三路)에 있는, 광쩌우기의열사능원(廣州起義烈士陵園)이었다.

열사능원에는 조그만 인공 호수와 돌다리 그리고 중조인민혈의정(中朝人民血誼亭)이란 정자가 있는데, 바로 이 정자 안에, 중국인과 조선인이 피로 맺은 우의를 기린다는 뜻의 글이 새겨진 커다란 비석이 하나 모셔져 있다.

1927년 중국 공산당은 해방구를 확보하기 위해 광쩌우에서 무장봉기를 일으켰는데, 그때 중산대학에 다니던 일부 한인 학생을 포함해서, 사회주의자 한인 청년 150여 명이 가담했다. 공산 혁명이 조국 해방에 지름길이 될까 해서 남의 나라에서 피를 흘렸을 이들이지만, 중국 국민들은 그들의 동참을 고마워하고, 조선 혁명가 기념비를 세운 것이다.

한솔의 제안으로 일행 가운데 몇 사람은 비석 앞에서 잠시 고개를 숙였다.

아직 3월이 다 가지 않았음에도, 대륙 최남단 도시의 낮 기온은 섭씨 20도를 넘나들고 있었다. 그래서 일행은 여느 날보다 일찍 호텔로 돌아왔다. 한국의 여름 같은 날씨가 이들을 힘들고 지치게 한 것이다.

길남은 간밤에 방 창문 가에 빨아서 널어 놨던 속옷과 양말이 그 때까지도 전혀 마르질 않은 것을 보고 짜증을 냈다. 광뚱의 봄은 워낙 습도가 높아, 볕이 잘 드는 양지에서도 빨래가 잘 마르질 않는다는 사실을 몰랐던 탓이다.

6시쯤 저녁을 먹기 위해 일행은 호텔을 나왔다. 이 날 저녁 식사는 약속대로 시계를 되찾은 기만이 내는 것으로 돼 있어, 다들 기대에 차 있었다.

"광쩌우 사람들은요. 하늘을 나는 것은 비행기를 빼고는 다 먹고요, 네 발 달린 것들 가운데선 책상을 빼고는 못 먹는 게 없다고 합니다. 그만큼 이 지방은 예로부터 중국에서 가장 먹거리가 풍부하고 다양한 것으로 이름이 나 있어요."

버스 안에서, 기쁨이 광뚱 지방의 음식 관습에 대한 예비 지식을 일행에게 짐짓 심어 줬다. 그러나 그의 이러한 노력은 이 날 저녁 별로 도움이 되지 못했다.

버스에서 내린 사람들은 이 도시에서 가장 큰 청평시장(淸平市場)을 구경했다. 과연 소문대로 시장에는 음식의 재료가 될 만한 것들은 다 모아 놓았다. 물고기, 자라, 뱀, 사슴 같은, 우리 나라에서도 흔히 볼 수 있는 것들은 물론이고, 그 밖에 고슴도치, 천산갑, 올빼미, 도롱뇽, 개

구리, 원숭이, 식용 고양이 같은 낯선 짐승들이 산 채로 작은 철제 우리 안에 갇혀 매매되고 있었다. 그런데 여자들이 시장 안으로 들어서면서부터 기겁을 하며 혐오감을 드러내는 바람에, 남자들도 어쩔 수 없이 서둘러 그 곳을 떠나야 했다.

음식의 도시 광쩌우에는 명성에 걸맞게 규모가 크고 조리 솜씨 또한 빼어난 고급 식당이 많이 있다. 임대 버스는 일행을 그 중 한 곳으로 데리고 갔다.

한국에선 결코 볼 수가 없을 정도로 크고 넓은 식당 안은, 초저녁임에도 빈 자리가 거의 없었다. 겨우 구석에서 둥근 식탁 하나를 차지한 일행은 안도하기에 앞서 식당 규모에 잔뜩 기부터 죽었다. 시장에서 놀란 여자들은 또다른 두려움에 긴장했다.

"여긴 그, 그런 거 없겠지요?"

금희가 주변 식탁을 둘러보며, 편치 않은 심정을 드러냈다.

"여기라고 왜 없겠소. 하지만 걱정 말아요. 이런 식당은 그런 거말고도 없는 게 없을 테니까, 당신 좋아하는 걸로만 시키면 돼요"

기만이 의자에 앉으며 금희를 달랬다. 뒤따라온 여자 종업원이 식탁 위에 놓여 있는 찻잔을 일일이 뒤집어 가며 향긋한 꽃잎차를 한 잔씩 따랐다. 그러는 동안 이번엔 좀더 세련된 근무복을 입은 여자가 나타나서 차림표책 한 권을 맨 먼저 기만한테 주고, 나머지 몇 권은 적당히 다른 사람들에게 나눠 줬다. 그는 이미 이들 가운데서 밥값 낼 사람이 누군지를 한눈에 알아보고 있었다.

"와아…!"

두터운 차림표책을 한 권 집어서 뒤적이던 기쁨이 놀란 듯 입을 딱 벌렸다.

"바닷가 도시인데도 해산물 요리가 너무 비싸요!"

기만이 기쁨의 쓸데없는 걱정을 점잖게 나무랐다.

"허어, 무슨 소리! 오늘 저녁은 내가 낸다고 하지 않았소? 그러니 기쁨 양은 식대에 구애 받지 말고, 모든 분이 각자 식성에 맞는 음식을 마음껏 드시게끔, 주문이나 잘 해요."

차림표는 음식 이름을 중국어와 영어로 적어 놓았는데, 이해하기 어려운 것은 기쁨도 마찬가지였다. 왜냐 하면 여행 안내자인 기쁨도 이렇게 고급스러운 식당엔 들어와 본 적이 없었기 때문이다. 그런 데다가 기쁨이 묻는 말을 주문을 받는 여자가 잘 알아듣지 못하는 경우도 있었다. 베이징 표준어와 지방 말인 광뚱어가 너무 달라서 나타나는 현상이었다.

음식 주문하는 데 시간이 많이 걸리자, 답답해진 매송이 자리에서 일어났다.

"이러지 말고 우리가 직접 눈으로 보면서 고릅시다."

그래서 기만과 교수, 주승을 제외한 일곱 명이 입구에 있는 대형 수족관 앞으로 우르르 몰려갔다. 거기엔 바닷속 한 부분을 옮겨다 놓은 듯, 갖가지 바다 생물들이 각기 다른 이름표를 붙인 칸막이들 안에서 꿈틀거리고 있었다. 그런 것들을 요리해서 먹겠다는 용기가 쉽게 나지 않기로는, 여자들의 경우, 시장통에서와 다를 바가 없었다.

어쨌거나 이 날 저녁 답사단 일행은, 기만이 금장시계를 차고 온 덕분에, 여행 중 가장 비싸고 호사스런 만찬을 광쩌우에서 즐길 수 있었다.

식사를 끝낸 일행은 두 사람을 제외하고 모두 호텔로 돌아갔다. 그리고 남은 두 사람은 식당 안 별실로 안내를 받았다. 위층에 있는 별실은 작은 식탁이 하나만 놓여 있는, 실은 조그만 밀실이었다.

기만은 식당측에 특별히 부탁해서 가장 예쁜 여자 종업원 두 명을 불렀고, 그 중에 좀더 어려 보이는 여자를 유 교수 곁에 앉혔다. 교수는 마다하지 않았다. 가장 비싼 중국 명주 마오타이(茅台酒)도 한 병 시켰다. 그러고 나서 기만은 여객선에서부터 별러 왔던 말을 마침내 꺼냈다.

"박사님, 저 좀 도와 주십시오. 아니 밀어 주십시오."

여자가 따라 주는 알코올도수 53도의 술을, 교수는 새알만한 백주잔에 받으며 대꾸했다.

"허, 이런! 평생을 손에 분필 가루만 묻히며 살아온 내가 무슨 힘이 있다고 노 사장을 밉니까?"

"박사님, 제 꿈이 남은 여생에 정치 한번 해 보는 거라고 하지 않았습니까?"

"노 사장 정도의 재력가라면 뭐 그게 그리 어렵겠습니까? 게다가 사교성 많은 부인이 곁에서 내조 또한 기막히게 잘 하실 텐데요."

교수는 술잔을 단숨에 비웠다.

"그런데 박사님, 그게 그렇지 않게 됐습니다. 그 사람의 집안이 훌륭하다고 해서…, 아니 애국자 집안이라고 해서…, 그걸 내세우면 선거에 유리할 거란 계산으로, 이렇게 함께 순례 여행까지 왔는데, 그게 다 수포로 돌아갔지 뭡니까?"

교수는 빈 잔을 기만한테 주려다가 그의 표정이 너무나 진지하자, 술잔을 곁에 있는 여자한테 돌렸다. 여자는 기다렸다는 듯이 그 잔을 받았다.

기만은 여자들만 없으면 당장 교수 앞에서 무릎이라도 꿇고 싶었다.

"교수님, 아니 박사님, 저를 한 번만 도와 주십시오. 도와만 주시면,

16

제가 서울서 운영하는 식당 하나를 통째로 박사님께 드릴 수도 있습니다. 아니 드리겠습니다. 정말입니다."

여자의 잔에 술을 따르던 교수가 놀란 듯 동작을 멈추고 기만을 쳐다봤다. 그러다간 다시 고개를 돌려 두 여자 쪽을 살핀다. 다행히 그들은 한국말을 전혀 모르는 중국사람이다. 그제서 교수는 안도가 되는지 술을 마저 따르며 대꾸했다.

"좋습니다. 내가 하겠다 안 하겠다 하는 것을 떠나서, 먼저 노 사장이 나한테 무얼 도와 달라는 건지, 그것부터 알기나 합시다. 뭡니까, 대관절 그게?"

교수는 술병을 손에서 놓고 기만을 뚫어져라 응시했다. 기만은 자세부터 바르게 한 뒤, 양 손을 한데 모으고 정중히 입을 열었다.

"제 선친을 독립유공자로 만들어 주십시오. 박사님이 나서시면 가능하다는 것을 알고 있습니다."

교수의 등이 뒤로 젖혀지며 의자 등받이에 가 붙었다. 잔을 비운 여자가 콧소리를 내며 그것을 다시 교수 앞으로 내미는데, 교수는 받지를 않았다.

노춘삼…, 기만의 아버지다. 살아 있으면 아흔 살 노인일 테지만 오래 전에 사망했다. 해방 전에는 일본군 오장 계급으로 경성 헌병대에서 근무했고, 이승만정부 때는 국군의 보안부대 장교가 돼 공산군과도 싸웠다. 군사정부 시절 소령으로 전역한 뒤엔 군납업자가 돼 부동산을 많이 모았다.

이상이 기만이 교수한테 들려 준 자기 아버지의 이력이었다.

'친일파의 아들…!'

교수의 목구멍에선 비록 밖으로 새어 나오진 않았지만, 그렇게 말을 하고 있었다.

　그 무렵 호텔에선, 속옷만 입은 금희가 자기 방 욕실에서 욕조에 달린 손잡이와 씨름을 하고 있었다. 그것을 아무리 이리저리 돌려 봐도 더운물은 샤워기로만 쏟아질 뿐, 욕조 꼭지에선 물이 전혀 나오질 않았다.
　'고장이 난 걸까?'
　금희는 누구라도 도와 줄 사람이 필요했다. 욕실에 전화기가 있었지만, 말이 통해야 호텔측에 전화를 걸어 도움을 요청할 텐데, 그럴 수가 없었다.
　욕실에서 나온 금희는 침대 위에 벗어 놓은 잠옷을 집어 몸에 걸치고, 문 쪽으로 걸어가서 살그머니 방문을 열었다. 마침 복도에는 아무도 없었다. 맞은편 방에 길남과 한솔이 들어 있는 것을 아는 금희는, 재빨리 복도를 건너가, 그 쪽 문을 가만히 두드렸다.
　"길남 씨! 길남 씨! 저예요! 잠깐만 나와 주실래요?"
　마침 한솔이 주승 방에 가 있는 바람에, 혼자 방에 있던 길남이 웬일인지 해서 얼른 문을 열었다.
　"황 여사님…!"
　잠옷 차림의 금희 모습을 처음 보는 길남이, 상황 판단이 잘 되지 않는 듯, 두 눈을 꿈벅거렸다. 그러자 금희는 누가 볼세라 서둘러 자기 방으로 길남을 밀어 넣었다. 설명은 방문을 닫고 나서 그 다음에 했다.
　욕실에 들어간 길남이 욕조 손잡이를 앞으로 잡아 빼자, 꼭지에서 물이 콸콸거리며 쏟아져 내리기 시작했다. 그러나 금희는 이제 목욕할 마음이 없어졌다. 대신 두 사람은 그 욕실에서 함께 샤워를 했다. 벌거

벗은 길남의 젖은 몸을 금희가 마른 수건으로 닦아 줬다.

"길남 씨, 비밀 한 가지를 말할게, 당신만 알고 계세요."

침대에서 금희가 속삭였다.

"그이는 남편이 아니에요. 동거는 하고 있지만, 아직은 정식 부부가 아니란 말이에요. 아시겠어요?"

길남은 금희가 갑자기 왜 그런 말을 하는지, 그 속내를 헤아리기가 좀 어려웠다. 그러나 그 말 속에서 여자가 자기를 좋아하고 있다는 것쯤은 쉽게 느낄 수가 있었다.

기만과 교수는, 길남이 자기 방으로 돌아간 뒤에도 한 시간쯤은 더 있다가 호텔로 돌아왔다. 두 사람 다 술을 많이 마신 듯 꽤 취해 있었는데, 기분은 둘 다 썩 좋아 보이지는 않았다.

매송은 그 때까지 잠을 자지 않고 있었다. 교수가 방으로 들어오며 투덜거렸다.

"그 사람 어디가 좀 이상한 거 아니오? 가당치도 않은 걸 내게 부탁이랍시고…, 도대체 날 어떻게 보고 하는 수작인지……."

교수는 그대로 자기 침대 위에 쓰러져 잠이 들었다.

매송은, 둘만 남았던 식당의 별실에서 어떤 일이 있었는지 대략 짐작이 갔다. 노 사장이 교수한테 어떤 청탁을 했는데 그것이 거절된 것이고, 따라서 그 동안 교수의 호감을 사기 위해 노 사장이 공들여 온 모든 것이 허사로 돌아갔음이 분명했다.

생각이 거기에 미치자, 갑자기 매송의 가슴 속에서 노 사장에 대한 동정심이 고개를 쳐들었다. 그리고 그 마음은 이윽고, 자기라도 나서서 그를 도와 줘야만 할 것 같은, 조금은 엉뚱한 방향으로 모아져서 그의 머릿속에서 맴돌기 시작했다.

　광쩌우 마지막 날, 답사단 일행은 오전 10시에 호텔을 나섰다. 전날 밤 교수와 기만 사이에 있었던 밀실 회동의 후유증 때문에 출발 시간이 지연됐다.

　이 날 아침 두 사람 다 늦게 일어났고, 아침밥을 먹지 않았다. 금희의 말로는, 노 사장이 그렇게 만취한 걸 지금까지 본 적이 없다고 했다. 유 교수 역시 평소 주량을 훨씬 초과해 술을 마신 것 같다고, 매송이 말했다. 어쨌거나 두 사람이 그런 상태에서 호텔까지 무사히 돌아온 것은 다행한 일이라고, 나머지 사람들은 생각했다.

　그런데 신기한 일은, 두 사람이 무슨 일로 식당에 따로 남았었고, 또 술을 그렇게까지 많이 마셔야 했는지에 대해서는, 내리말고는 관심을 갖는 이가 없었다는 사실이다. 심지어 매송까지도 호텔 현관을 나오면서 내리한테 이렇게 말했다.

　"나이 많은 분들끼리 모처럼 한잔 하고 싶으셨던가 보지, 뭐."

　여행가방까지 버스에 실은 일행은, 호텔에서 남동쪽으로 40킬로미터쯤 떨어져 있는 황포군관학교 유적지를 향해, 황포대도(黃埔大道)를 달렸다. 그리고 황포강부두에 도착해선 버스에서 내려 배를 탔다. 유적지는 주강 복판에 있는 작은 섬 장주도(長洲島)에 있었다.

　일행은 '陸軍軍官學校'(육군군관학교)라고 적은 예전 간판을 머리에 이고 있는 황포군관학교 정문을 통과해, 그때 시설을 똑같이 재현해 놓은 황포군교구지기념관(黃埔軍校舊址紀念館) 구내로 들어갔다. 원래 있던 건물은 1938년 10월 광뚱성에 상륙한 일본군의 폭격으로 파괴돼 사라졌다.

건물 안으로 들어가기 전에, 매송은 이 학교의 역사에 관해 설명했다.

"황포군관학교는 중국 국민당과 중국 공산당이 처음으로 손을 잡았던 1924년의 6월에, 국민당정부의 대총통 쑨원이 설립했습니다. 국민당의 2인자 장졔스가 교장을 맡고, 공산당원인 쩌우언라이(周恩來)가 정치부 부주임을 맡는 등, 국공합작 정신을 살려 좌우파 인사들이 함께 학교를 운영했지요. 소련인 고문관들한테서 근대 서구식의 군사학을 배운 졸업생들은 그 뒤 국민혁명과 공산혁명의 핵심 세력이 됐습니다."

이 때 순례가 끼어들어 불만 섞인 목소리로 질문을 했다.

"그런데 이 작가님, 소련의 지원을 받아 생긴 이 학교하고 우리 나라 독립운동이 대관절 무슨 연관이 있는 거죠?"

매송은, 전 날 순례가 광쩌우기의열사능원에 있는 비석 앞에서 묵념을 하지 않았던 일을 기억하고 있었다. 그래서 매송은 다른 곳에서와는 달리 조금은 장황하게 말을 이어갔다.

"그렇습니다. 이 장소는 분명히 우리 나라 독립운동사 특히 임시정부 역사와 관련이 있습니다. 왜냐 하면, 조금 전에도 말씀 드렸듯이, 이 학교 초대 교장이 우리 망명정부를 줄곧 도와 준 국민당의 영수 장졔스였고, 또 일제가 패망해서 임시정부가 조국으로 환국할 때 성대한 송별연을 베풀어 준 중국 공산당측 인사가 바로 쩌우언라이였습니다. 물론 국민당정부도 며칠 늦게 따로 송별회를 해 줬지만요. 특히 장졔스 주석은 부인 쑹메이링(宋美齡)을 데리고 그 자리에 참석해, 김구에 대한 각별한 존경과 우의를 대내외에 표시했답니다. 그런데 실은 제가 여러분을 이 곳으로 안내한 진짜 이유는 따로 있습니다. 바로 이 학교에서, 우리 임시정부에서 마지막 군무부장을 지낸 김원봉 장군이 수학을 했거든요."

1925년 쑨원이 사망하자, 중국 국민당은 내분에 휩싸였다. 쑨원의 후계자 장졔스는 공산당을 탄압하기 시작했고 북벌을 감행했다. 그래서 국공합작의 산물이었던 이 학교도 개교 만 3년 만에 5기생 배출을 끝으로 문을 닫고, 난징에다 이름만 바꾼 중앙육군군관학교를 다시 세웠다.

그 때까지 이 학교를 수료한 조선인은 모두 서른네 명이었다. 그런데 이들 가운데서 특별히 기억해야 할 인물이 한 명 있는데, 그가 바로 대일 테러 단체인 의열단을 이끌고 있던 김원봉이다.

1926년 1월, 스물여덟 살의 청년 김원봉은 단원 일곱 명을 데리고 제4기생으로 이 학교에 들어왔는데, 그때 여기서 알게 된 중국인 스승들과 학우들한테서 그는 그 뒤 항일 투쟁 활동을 하는 동안 많은 도움을 받게 된다. 다시 말해, 김구와 서로 형 아우라고 부를 만큼 가까웠던 장졔스가, 한동안 김구의 정치 라이벌이었던 김원봉을 또한 무시할 수 없었던 까닭이, 그 두 사람은 황포군관학교의 사제지간이었기 때문이었다.

중일전쟁 이후 국민당정부 인사들은 개인적 친분에 따라 김구가 이끄는 광복진선과 김원봉이 이끄는 민족전선 양쪽을 모두 지원했다. 그러면서도 효율적인 대일 투쟁을 위해서는 서로 단합해야 한다며, 양 진영의 합작을 종용했다. 그 결과, 1944년 4월 한국 독립운동의 양대 세력은 마침내 손을 잡게 됐고, 약산 김원봉은 광복군 부사령과 임시정부 군무부장에 취임함으로써, 망명 세력 전체가 참여하는 통합 임시정부의 한 성원이 되었다.

매송의 자세한 설명이 끝나자, 귀담아 듣고 있던 순례는 새로운 사실을 알았다는 듯 고개를 끄덕였다.

일행은 그때와 똑같이 꾸며 놓은 2층 건물과 시설들을 둘러봤다. 특히 총기와 침구, 식기 들을 전시해 놓은 내무반을 구경할 때는, 이 먼데까지 와서 조국 독립의 의지를 불태웠던 조선의 젊은이들을 생각하며, 다들 가슴이 뭉클해졌다.

다른 때 같으면 매송이 혼자 떠들게 놔 두지 않았을 유 교수가, 이 날은 말 한 마디 없이 일행의 뒤를 졸졸 따라다녔다. 기만 역시 그런 교수와 거리를 둔 채, 금희 곁에서 떠나지를 않았다.

점심은 다시 시내로 들어와 전날에 갔던 한국 식당에서 했다. 그리고 저녁 식사로 대용할 도시락도 부탁해서 챙겼다.

"이 떡도 좀 싸 달라고 해요. 우리 사장님은 밥보다 떡을 더 좋아하시거든요."

후식으로 찰떡이 한 쪽씩 나오자, 금희가 반색하며 기쁨한테 말했다.

식당에서 나와선 가까운 식품점에 들러 빵과 과일, 라면, 음료수 들을 샀다. 특히 먹는 샘물은 충분히 샀다.

광쩌우를 떠나는 배의 출발 시간이 오후 5시라서 아직도 시간이 두 시간쯤 남았다. 그래서 일행은 그 안에 중산대학을 가 보기로 했다.

중국 남부 지방에서 최고 명문 대학으로 손꼽히는 중산대학(中山大學)은 주강 남쪽에 있어 대교를 건너야 했다.

학교 이름에서 알 수 있듯이 쑨원이 설립했다. 한국인 젊은이도 상당수가 이 학교를 다녔다. 그들 가운데 일부는 1927년 11월 이 지방에서 일어난 공산당의 무장 봉기에 참가해 피를 흘렸고, 30년대에는 더 많은 한국 학생이 수학하면서 항일운동이나 흥사단운동에 참여했다.

학교의 너른 캠퍼스는 오래 된 건물과 새 건물로 조화를 이루고 있었고, 학생들은 활기에 차 있었다. 대학생 한솔이 가장 신이 났다. 오가는 중국인 학생들과 한두 마디씩 인사도 나누고, 이 학교가 배출한 자랑스런 동문들의 동상 앞에선, 비디오 카메라를 꺼내 들었다. 유 교수도 이 곳에선 다시 눈빛이 살아났다.

13
(주강 따라) 응급처치

 오후 4시를 조금 앞두고 중산대학을 나온 일행은 다시 주강을 건너, 연강동로(沿江東路)에 있는 광쩌우 항구로 갔다. 광쩌우항 대사두부두(大沙頭碼頭)에는 류쩌우를 왕복하는 여객선이 이미 승객을 태우고 있었다. 승객과 선원을 합쳐 2백 명 가량을 태울 수 있는 3층 여객선인데, 우선 크기에서부터 장강의 여객선과는 비교가 되지 않았다.

 중국사람들 틈에 섞여 답사단도 배에 올랐다. 선실은 가운데를 통로로 남겨 두고 양 옆으로 침상이 2층 구조로 설치돼 있었는데, 한 사람이 누우면 딱 맞을 좁다란 다다미가 개인 침상 겸 좌석의 전부였고, 벽쪽으로는 밖을 내다볼 수 있는 조그만 창문이 하나씩 뚫려 있었다. 그리고 그 좌석 거의 전부를 이미 지역 주민들이 차지하고 있었다.

 답사단 일행은 배표에 적혀 있는 번호대로 자기 좌석을 찾아서 자리를 잡았다. 위층에 여섯 사람, 아래층에 네 사람으로 나뉘었다. 선실에 처음 발을 들여 놓을 때는 사람들의 열기와 음식 냄새 들로 숨이 막힐

것 같았는데, 막상 자리를 잡고 보니 그런대로 아늑하고 편안했다. 하지만 하루 스물네 시간도 아니고 꼭 하루하고도 절반인 서른여섯 시간을 이 조그만 배 안에서 지내야 한다는 사실을 알아차렸을 때는, 누구랄 것 없이 다들 걱정의 한숨을 길게 내쉬지 않을 수 없었다.

예정된 시각에 임시정부 유적지 답사단 열 명을 태운 여객선은, 해가 떠 있는 방향으로 주강의 물결을 헤치며 천천히 움직이기 시작했다.
아래 침상에는 매송과 한솔, 내리, 기쁨이 들었다. 아무래도 심부름할 사람들이 드나들기가 편해야 할 것 같아 그렇게 정했다.
"기쁨 씨, 우리… 선장 한번 만나 볼까요? 이역만리 동방의 해 뜨는 나라에서 왔는데, 서로 수인사가 없대서야…….
매송의 제안에 기쁨이 좋은 생각이라고 대답했다. 내리와 한솔도 따라 나섰다.
네 사람은 '출입제한구역' 팻말이 놓여 있는 3층과 연결된 계단 앞으로 걸어갔다. 지키는 사람도 없고 쇠줄 같은 것도 쳐 있지 않았다. 그런 게 없어도, 이 곳 승객들은 선내 규칙을 잘 따르고 있다는 뜻이겠다.
3층은 절반 가량이 바깥 마당 같은 갑판이고, 나머지는 선원용 선실과 창고 같은 시설들이었다. 좁은 복도를 따라 앞쪽으로 가자, 역시 통제구역임을 표시하는 작은 팻말을 붙인 문 하나가 앞을 가로막았다. 가만히 문을 두드리자, 선원 한 사람이 문을 열었다.
"안녕하세요? 저흰 한국에서 온 여행객입니다."
기쁨이 먼저 중국말로 인사를 했다. 다행히 그는 화를 낸다거나 불쾌한 표정을 짓지 않았다.
"한국이라면 남조선 말입니까?"

"아, 예. 저… 서울 말입니다."

기쁨이 매송을 흘낏 돌아보며 말했다. 그러자 안에서 키를 잡고 있던 오십대 남자가 반색을 하며 소리쳤다.

"오우, 월드컵! 월드컵이 열렸던 나라, 필승 코리아에서 오셨단 말이죠?"

그 곳은 전면이 환히 내다보이는 선교였고, 구레나룻을 멋지게 기른 바로 이 남자가 이 배의 선장이었다.

선장은 원 키잡이한테 키를 돌려 주며, 한국사람들을 안으로 들게 하라고, 그 선원한테 지시했다.

넷이 들어서자, 선장은 2002년에 한국에서 열렸던 월드컵 축구의 열성 팬이었다고 자신을 소개한 뒤, 중국에서도 매우 외진 내륙 지방을 오가는 자기 배에 한국에서 온 단체 승객을 태우기는 처음이라며, 네 사람에게 일일이 악수를 청했다.

매송이 서울서부터 준비해 온 인삼차 한 상자를 선물로 주자, 선장은 입이 벌어졌다. 진시황제가 고려 땅에서 구하려 했던 불로초가 바로 이런 삼(山蔘)이었다며, 한 손으로 다른 손을 감싸 쥐는 중국 전래의 인사법으로 감사의 뜻을 표시했다.

그런데 이 작은 인삼차 한 상자의 댓가는 실로 컸다. 한국에서 온 단체 승객에 한해서 3층 갑판의 이용을 허락하겠다는 것이다. 이것은 정말 큰 행운이었다. 갑판에서 따듯한 봄볕을 쬐고 시원한 강바람을 쐬면서 아름다운 강변 풍경을 감상할 수도 있는 일이지만, 거기엔 별도의 화장실과 샤워장이 있고, 기관에서 생기는 더운물까지 마음대로 받아 쓸 수가 있는 곳이기 때문이었다.

다시 숨막히는 선실로 돌아와, 이 소식을 남아 있던 여섯 사람에게 들려 주자, 그들 역시 크게 좋아했고, 이번엔 안도의 한숨들을 내쉬었다.

1938년 9월에 들어서며, 광쩌우도 안전지대가 되지 못했다. 일본 비
행기의 폭격이 시작된 것이다. 그 무렵 김구는 임시정부를 국민당정부
가 있는 충칭으로 옮기는 문제를 논의하기 위해, 조성환과 나태섭을
대동해서, 창사를 거쳐 충칭으로 떠났고, 임시정부와 대가족도 불안한
광쩌우를 떠나 인근 도시 푸산(佛山)으로 옮겨 갔다. 그러나 10월, 광
뚱성에 일본군이 상륙하자, 푸산도 안전지대가 못 됐다.

한밤중에 푸산 역에서, 중국 정부가 내 준 객차 한 량에 올라탄 대가
족은, 점점 가까워지는 일본군의 기관총 소리를 들으며, 가까스로 푸
산을 탈출했다. 그리고 강나루가 있는 싼수이(三水)까지 와서 목선으
로 갈아 탔다. 김구가 먼저 가 있는 충칭으로 가기 위해선, 광시성(廣
西省)의 류쩌우(柳州)를 거쳐야 하는데, 우선 거기까지 가는 데도 배밖
에는 다른 교통편이 없었기 때문이었다.

그리고 이 구간은 지금도, 60여 년 전이나 마찬가지로, 수로를 이용
하지 않고는 오갈 수가 없다. 기차나 장거리 버스를 운행하지 못할 만
큼 외지고 험난한 지역인 데다가, 여객기 노선마저 없는 형편이기 때
문이다.

주강의 밤은 도시보다 빨리 찾아왔다. 창 밖이 어둑어둑해진다 싶더
니 이내 캄캄해졌다. 선실 안은 저녁 식사를 하느라 모든 승객이 부산
을 피우고 있었다. 중국사람들이 비빔국수나, 만두, 튀긴 빵, 삶은 달걀
들을 먹고 있는 동안, 답사단은 한국 식당에서 만든 도시락을 꺼내 먹
었다. 식사가 끝난 중국사람들은 녹차병을 하나씩 들고, 선실 한 구석

에 있는 커다란 보온물통 앞으로 가서 더운물을 새로 채웠다.

아침은 거르고 점심도 제대로 들지 않은 기만이 도시락을 반도 안 비운 채 젓가락을 놓았다. 금희가 걱정스런 눈으로 바라보자,

"뒀다가 내일 아침에 당신 먹어요. 당신은 라면을 좋아하지 않잖소?"

"물에 말아서라도 좀 더 드시지 그래요?"

"아니요. 됐어요. 그런데 아까 식당에서 떡을 싸 주는 것 같던데……."

"아, 맞아요! 떡이 있었네!"

신이 난 금희가 허리를 굽혀, 아래층 침상에서 식사를 하고 있는 기쁨을 향해 떡을 좀 달라고 했다. 기쁨이 떡 상자를 풀어, 찰떡 한 뭉치를 위로 올려 보냈다. 그러고 나서 일 분도 되지 않아, 위층 침상에서 갑자기 금희의 비명 소리가 터졌다.

"여보! 왜 그래요? 떡이 모, 목구멍에 걸린 거예요?"

기만이 목을 움켜잡고 윽윽 소리를 내며 괴로워했다. 주변 사람들이 놀라 쳐다보고, 아래쪽에 있던 네 사람도 침상에서 뛰어나왔다.

당황한 금희가 기만의 등을 두드리기 시작했다. 한솔이 말렸다.

"그렇게 하면 안 돼요!"

금희가 동작을 멈추고 한솔을 쳐다보자, 한솔이 주승을 향해 소리쳤다.

"선배님! 어서요! 응급처치를 해야 해요!"

그 말이 떨어지기가 무섭게 주승이 냅다 달려와 금희를 밀쳐 냈다. 그러고는 이미 얼굴색마저 파랗게 변해 있는 기만을 등 뒤에서 끌어안았다. 그 다음엔 한쪽 손 엄지손가락을 기만의 배에 대고 주먹을 쥐더

니 다른 손으로 그 주먹을 감싸 쥐고, 강하게 명치 아래 부위를 밀쳐 올
렸다. 그렇게 몇 번 되풀이하니까, 이윽고 기만의 목에서 떡 덩어리가
입 밖으로 튀어나왔다. 그러자 숨이 돌며 기만의 얼굴색이 되살아났
다. 구경하던 사람들이 다들 자기 일처럼 안도하고, 몇 사람은 손뼉을
쳤다. 주승은 기만의 상태를 좀 더 살핀 뒤에 자기 자리로 돌아갔다.

매송이 기만의 손을 잡으며 물었다.

"노 사장님, 이제 괜찮습니까?"

기만은 다른 한 손으로 안경을 벗으며 계면쩍어했다.

"미안합니다, 이거. 어른스럽지 못한 꼴을 보였어요."

그러고는 주승이 있는 쪽으로 고개를 돌려 인사를 했다.

"최 선생! 고맙소!"

주승이 가볍게 머리를 숙여 답례했다. 금희도 그 틈을 타서 한마디
보탰다.

"고마워요! 최 선생님 아니었으면, 정말 큰일날 뻔했어요!"

길남도 자기 자리에서 한마디 했다.

"황 여사님도 수고하셨어요. 떡 잘못 먹다가 급사한 사람이 어디 한
둘입니까? 안 그렇습니까, 교수님?"

유 교수도 그제야 안도한 듯 내려 놨던 도시락을 다시 집어 들었다.
순례는 입맛을 잃었는지 도시락 뚜껑을 닫았다. 그 때 기쁨이 따듯한
물 한 잔을 가지고 와서 기만한테 줬다. 기만이 물을 마시기 시작하자,
매송도 자기 자리로 돌아갔다. 침상으로 다시 올라가기 전에, 매송은
바로 그 위층에 있는 주승한테 단체의 책임자로서 감사의 뜻을 전했다.

"최 선생, 수고했어요. 그런데 대관절 그런 건 어디서 배웠어요? 군
대서… 아니면 혹시 닥터…?"

빈 물잔을 손에 든 주승이 침상 옆에 붙어 있는 나무 계단을 밟고 통로로 내려섰다.

"원, 별 말씀을요."

눈을 맞추지도 않은 채 한 마디 대꾸하고, 주승은 보온물통이 있는 쪽으로 걸어갔다.

간밤의 과음으로 하루 종일 심신이 쇠해 있던 기만이 급하게 떡을 먹다가 일어난 불상사가 분명했다. 내리는 놓았던 젓가락을 다시 집어 드는데, 그의 머릿속에선 또 다른 내리가 이렇게 말하고 있었다.

'정말 아찔한 순간이었어. 하마터면 답사고 뭐고 큰일을 치를 뻔했지 뭐야.'

지난해였던가, 한국의 어느 방송사 녹화장에서 발생했던 출연자 질식 사고를 이 날 저녁 머리에 떠올린 사람은 내리말고도 몇 사람 더 있었겠지만, 그런 말을 입 밖으로 꺼낸 사람은 아무도 없었다.

후식으로 과일을 나눠 먹고, 내리와 기쁨은 한솔을 앞세우고 갑판으로 올라갔다. 갑판에선 젊은 선원 한 사람이, 더운 물이 통과하는 기관실 배관에다 속옷 빨래들을 널고 있다가, 이들을 보고는 서둘러 끝내고 안으로 사라졌다.

어둠 속에서 불어 오는 강바람은 승선 직후 처음 올라왔을 때보다 한결 더 부드러웠다. 대신 기관실 소음과 갈라지는 물결 소리는 더 크게 들렸다. 세 사람은 난간을 잡고 서서, 어둠만큼이나 차츰 더 깊어지는 주변 산세를 윤곽으로나마 감상했다.

중국 내륙 깊숙한 곳에서 맞는 밤, 그것도 평지가 아닌 강물 위에서 맞는 내리의 기분은 한결 더 고즈넉하고 쓸쓸했다. 기쁨도 마찬가지였던 듯, 갑판에 올라와선 거의 말이 없던 그의 입에서 갑자기 노래가 흘러 나왔다. 조그만 소리로 부르는 노래는 언제인지 그가 불렀던 중국 민요였다.

"짜이 나 야오 왠 더 디 팡, 여우 웨이 하오 꾸 냥…"

그러자 곁에 있던 한솔이 슬그머니 끼어들어 함께 노래를 불렀다. 난징에서 기쁨한테 배운 노래였기에 가능했다.

"런 먼 쩌우 꿔 랴오 타 더 짱 팡, 뚜 야오 후이 써우 뿌 팅 더 짱 왕…"

다음 절은 내리도 따라 불렀다. 셋이 한 목소리로 중국 노래를 부르고 나자, 기분이 훨씬 좋아졌다. 저녁 식사 때 노 사장이 벌인 소동으로 놀란 가슴 속이 다 후련해졌다.

난징 노래방에서 한솔이 기쁨한테 가르쳐 줬던 한국의 최신 가요도 몇 곡을 함께 불렀다. 또래의 미혼 남녀만이 서로 공유할 수 있는 즐거운 시간이었다. 점점 더 노래 부르는 재미에 빠진 기쁨이, 이번에는 가곡을 하나 가르쳐 달라고, 한솔을 졸랐다.

"가곡요?"

"네, 유행가말고 성악가들이 부르는 노래 있잖아요?"

한솔이 잠깐 생각을 하고 나서 입을 열었다.

"좋아요. 제가 아는 가곡들 중에 지금 분위기에 딱 맞는 게 하나 있어요. '두둥실 두리둥실 배 떠나간다.'로 시작하는 노랜데요…"

이쯤 해서 자신은 빠지는 게 좋겠다고, 내리는 생각했다. 그 자리에 더 있는 것은 동갑내기 두 청춘남녀에게 눈치 없는 짓이고, 노처녀의 심술로 밖에는 여겨지지 않을 것이기 때문이었다.

"나 먼저 들어갈게. 좀 피곤해서…"

한솔도 그런 내리를 적극 말리지 않았다.

아래층 선실에는 어느 새 희미한 백열전구만 두어 개 켜 있고 나머지는 전부 꺼진 상태로, 대부분의 사람들이 담요를 덮고 누워 있었다. 매송은 아직 잠에 들지 않았는지, 내리가 들어오자, 고개를 들었다.

"두 사람은…?"

"좀 더 있다가 내려오겠대요."

매송이 코를 골기 시작한 뒤에도 내리는 쉽게 잠이 오지 않았다. 이런저런 일들이 머릿속을 맴도는데, 어느 한 가지도 뚜렷하지는 않았다. 그러다가 문득 선명해지는 장면이 있었다. 창사의 악록산에서 한솔의 바지를 꿰매 주는 자신의 모습이었다. 그리고 그 장면 위로, 철조망 밖으로 나왔을 때 기쁨의 얼굴에 나타난 낯선 표정이 겹쳤다. 그리고 들리는 소리는, '요즘 한국에선 아가씨들이 연하의 남자하고도 결혼을 많이 한다면서요?'. 그 날 밤 기쁨이 내리한테 물었던 말이었다.

기쁨과 한솔은 내리가 떠난 뒤로도 한 시간은 더 갑판에 있다가 선실로 내려왔다. 내리는 그 때까지 잠이 들지 않았지만, 담요를 머리 위로 끌어올리고 그냥 자는 척했다.

1938년 10월, 커다란 목선은 백여 명의 대가족을 싣고 북서쪽으로 주강의 물길을 거슬러 올라갔다. 중간 기착지 우쩌우(梧州)에선 동력선의 견인을 받아야 했다. 물살이 세어 범선으로는 더는 운항하기가 어렵기 때문이었다. 이렇게 두 번씩이나 물에 뜬 망명정부는 윤선이 앞에서 끌어 줘야 한 치라도 앞으로 나아갈 수 있는, 딱한 처지가 됐다. 그러나 장강, 황하, 흑룡강과 함께 중국 4대하천의 하나인 주강엔 아름다운 절경이 많아, 그나마 대가족의 시름을 조금은 달랠 수 있었다.

그때로부터 67년이 지난 지금도 주강에는 뗏목이 흘러가고, 고기잡이 배와 각종 생활용품을 실은 통통배가 자주 다닌다.

　이튿날, 여객선 갑판은 답사단 전용의 휴식처가 됐다. 중국인 승객은 한 명도 올라오지 않았고, 그렇다고 한국사람한테만 주는 선장의 특혜에 대해 불평을 하거나 시비를 거는 사람도 없었다. 선원들까지도, 선장의 특명이 있었는지, 갑판에는 잘 나오질 않았다. 좁은 공간에서 많은 사람이 북적거리는 아래층 선실에 비하면 그야말로 별천지였다.
　화장실 옆 칸 샤워실에는 정수된 물이 항상 넘쳤고, 더운물은 배관에서 뽑아 쓰면 됐기 때문에, 일행은 호텔 못지않은 편리함을 만끽할 수 있었다.
　아침은 컵라면과 빵으로 때웠고, 점심 때는 선원들 식사를 공급하는 조리실로 가서, 봉지라면을 끓여 달래서 먹었다.
　낮에는 거의 온종일을, 기만을 빼고는, 다들 갑판에서 지냈다. 기만은 밥을 먹을 때만 일행과 어울렸고, 다른 때는 선실 내 자기 침상에서 꼼짝을 하지 않았다. 그래서 금희와 길남은 갑판에서 마음놓고 담소를 즐길 수 있었다. 이 날도 전날에 이어 별 말이 없는 교수는, 갑판에 있는 걸상에 앉아 종일 책을 읽었다.
　그런데 이 날따라 주승의 행동이 조금 이상했다. 한솔이 말을 걸거나 관심을 표시해도 대꾸를 않고 오히려 피하는 눈치였다. 더욱 놀라운 일은 한솔한테서 일어났다. 다른 때 같았으면 주승의 낯선 행동에 당황하거나 풀이 죽을 만도 했으련만, 이 날은 그렇지가 않았다. 수시로 변하는 강 풍경을 비디오 카메라에 담으며, 많은 시간을 기쁨과 함께 보냈기 때문이었다.
　기쁨과 한솔의 사이가 부쩍 가까워진 것을 느낀 내리는, 자기가 먼저 매송과 순례를 따라다니며 그들의 말벗을 자청했다. 그 바람에 기쁨은 모처럼 한갓진 근무 시간을 마음 편히 사적으로 이용할 수 있었다.

일행이 모두 갑판에 올라가 있던 오후 서너시, 기만은 선실 통로에서 중국사람들이 벌이고 있는 카드 놀이를 구경했다. 그런데 그것이 카드 넉 장을 가지고 어수룩한 구경꾼을 현혹시켜 돈을 갈취하는 전형적인 야바위판이었다. 구경꾼으로 가장한 패거리들이 바람을 잡는 것이나, 돈 잃고 나서 속임수에 항의하는 사람을 떼거리로 옥박지르는 모습은, 오래 전 한국의 시골 장터에서 흔히 보던 광경과 하나도 다르지 않았다.

'칼만 안 들었지 강도가 따로 없군…!'

전 같으면 이런 마음이었겠지만, 왠지 이 날 기만의 마음은 그렇지가 않았다. 대신 그의 머릿속에선, '저런 밑바닥 인생들도 목적 달성을 위해서는 모든 수단과 방법을 다 동원하는구나…!' 하는 생각이 번뜩 떠올랐다.

저녁 식사가 준비됐다고 금희가 와서 알려줄 때까지, 기만은 중국사람들이 펼치는 사기노름을 흥미롭게 구경했다.

저녁밥은 뜻밖에도 이 배의 선장이 냈다. 음식 만드는 게 취미라는 선장은, 멀리서 온 이방인들을 위해 손수 조리실에서 솜씨를 발휘했다. 일행은 선장의 호의에 감격했고 그리고 두고두고 잊지 못할 선상 만찬을 즐겼다.

식사가 끝날 무렵, 배가 중간 경유지인 꾸이핑(桂平)에 닿았다. 일부 승객이 내린 뒤, 새 승객들이 그 자리를 채웠다.

임시정부 대가족이 탄 목선이 꾸이핑 인근을 지나갈 때였다. 목선을 앞에서 끌던 윤선이 이미 사용료를 다 받았음에도 목선을 강 한가운데에 떼어 놓고 저 혼자 달아나 버렸다. 그래서 대가족은 목적지를 4분의 1쯤 남겨 놓은 채 발이 묶여, 여러 날을 강물 위에서 꼼짝 못 하고 지내야 했다. 그러다가 가까스로 새 윤선을 구한 뒤에야, 그들은 다시 출발할 수가 있었다.

주강의 여객선은 장강의 대형 여객선에 비해 규모가 작고 시설이 훨씬 열악했지만, 답사단은 우한으로 갈 때보다 고생스럽지도 지루하지도 않았고, 오히려 선상 생활이 즐겁기까지 했다. 장시간 승선을 이미 한 차례 경험한 것도 큰 도움이 됐을 것이다.

어쨌거나 이 날 밤엔 일행 모두 식사를 끝내고도 한 시간쯤을 갑판에 더 머물렀다. 잠자리에 들기 전에 다시 올라와, 이를 닦고 발도 씻었다.

기쁨과 한솔은 이 날은 일찍 선실로 내려갔다. 매송이 마지막으로 씻고 계단을 내려가는데, 먼저 내려갔던 기만이 다시 올라오며 매송의 앞을 가로막았다.

"웬일이세요, 갑판에 뭘 두고 가셨던가요?"

"아, 그게 아니고…. 이 선생하고 좀 상의할 게 있어서요."

그래서 두 사람은 아무도 없는 갑판으로 다시 올라갔다. 낮 동안 교수가 차지했던 나무걸상엔 서늘한 밤 공기가 내려앉아 있었다.

기만이 광쩌우 식당 별실에서 있었던 일을 매송한테 상세히 털어 놓았다. 먼저 자기 아버지가 걸어온 일제 때 행적과 해방 이후의 경력에 대해서 솔직하게 말했고, 차기 총선에 출마하려는 자신의 계획도 밝혔다.

"그러니까 아버님의 경력이 문제가 될 것 같아, 그것을 지우거나 최소한 감추는 문제를 교수님과 의논하셨군요?"

매송이 물었다.

"그렇소."

기만이 대답했다.

"노 사장님의 장인이 되시는, 황 여사의 아버님만이라도 진짜 독립 운동가셨다면, 선거 운동에 꽤 도움이 될 터인데 말입니다."

"물론이오. 그런데 그게 이 선생도 아시는 것처럼, 사실이 아닌 것으로 돼 버렸잖아요. 내 참⋯!"

"그래서 유 교수님한테 사장님 아버님을 독립유공자로 만들어 달라고 부탁하셨군요?"

"바로 그거요. 장인보단 아무래도 친부의 공적이 유권자들한테 더 잘 먹힐 게 아니겠소?"

"그런데 교수님은 뭐라시던가요? 솔직히 말해 교수님이 해 주려고만 하신다면 불가능한 일은 아니거든요."

"그렇지요? 교수님이 결심만 하면 얼마든지 가능한 일이겠지요?"

기만은 양 손으로 매송의 손까지 잡으며 목소리를 높였다.

"이 선생, 날 좀 도와 주시오. 이 선생은 교수님과 한 방을 쓰시고 그리고 절친한 사이가 아닙니까? 그러니까 이 선생이 조금만 거들어 주시면 교수님도 생각이 달라질 거라고, 나는 믿습니다."

"하지만, 교수님 혼자서 하는 일이 아닌 데다가, 증빙 자료가 없으면⋯⋯."

"아, 그건 염려 말아요. 박사학위증도 위조하는 세상에 그까짓 독립 운동했다는 증거 만드는 게 무어 대수라고요. 돈이면 다 됩니다. 아, 요즘 세상에 돈으로 안 되는 일이 어디 있어요? 그런 것은 조금도 염려 마시고, 어떻게든 흥정만 잘 붙여 주세요. 신세는 절대로 잊지 않겠소."

"음…!"

매송이 눈을 감고 침묵하자, 기만은 자기 손목에 차고 있던 금장시계를 급히 풀었다.

"이 선생, 우선 이거라도 선생께 드리겠소. 내 약조의 신표니까 받아주시오."

"아, 안 됩니다, 이러시면…!"

매송은 그런 기만을 극구 만류했다. 그러나 그의 면전에서 한 마디로 거절하기가 어려웠는지, 생각 좀 해 보자는 말을 남기고, 먼저 자리에서 일어났다.

"고맙소, 이 선생. 선생의 은혜 또한 반드시 갚겠소."

기만은 계단 쪽으로 걸어가는 매송을 급히 뒤따라가며, 마지막으로 일침을 놓았다.

인적이 사라진 갑판이 마침 달마저 구름 속으로 숨어 들어 더욱 고요하고 음산했다. 그 때 갑자기 어디선지 시끄러운 소리가 났다. 화장실에서 물 내리는 소리였다. 이어 갑판 화장실 문이 열리며, 백열전구 불빛을 받은 검은 그림자가 갑판 위에 유령처럼 길게 깔리더니, 그 뒤를 따라 사람의 형체가 나타났다. 화장실에 있다가 본의 아니게 두 사람의 대화를 엿듣게 된 여인, 그는 순례였다.

그 날 밤 답사단을 태운 여객선은 마지막 경유지인 스룽(石龍)의 나루에서 잠시 멈췄다가 다시 떠났다.

여기서부터 류쩌우까지 이어지는 강줄기는 류강(柳江)이라고도 하는데, 강변 계곡들에서 흘러내리는 맑은 물 때문에 강물이 하류에 비해 깨끗하다. 그런데 그 맑고 깨끗한 계곡물에 독성이 있어 함부로 마시면 안 된다는 사실을 다른 지방에서 온 사람들은 잘 모른다. 자연 풍광이 아름다운 이 지역에는 유난히 안개가 자주 생기고 향나무가 많이 자라는데, 그런 것들이 원인으로 작용하는지는 확실치가 않다.

어쨌거나 믿기는 좀 어렵지만, 기쁨은 이 얘기를 현지 소개 자료로 미리 준비해 두었었는데, 아깝게도 일행에게 들려 줄 기회를 얻지 못했다.

지금은 한밤중, 그들이 깊은 잠에서 깨어날 시간엔 배는 이미 종착지 부두에서 닻을 내리고 있을 것이기 때문이었다.

14
(류쩌우) 밤 기차

    싼수이를 떠난 지 한 달하고도 열흘 만에 대가족은 광시장족자치구
(廣西壯族自治區)의 중심 도시 류쩌우(柳州)에 도착했다. 그리고 이들
은 선발대가 미리 도착해서 구해 놓은 여러 채의 집에 분산해서, 여섯
달 가까이 머물렀다. 창사를 떠난 지 넉 달 만에 일시 안정을 찾게 된
대가족의 젊은이들은 이 곳에서 비로소 할 일을 찾았다. 한국광복진선
청년공작대를 조직한 것이다. 그들의 주 임무는 선전 공작으로 병원에
가서 부상한 중국 군인들을 위로하는 일인데, 때로는 많은 사람 앞에
서 항일 연극을 공연하기도 했다.

    그러다가 대가족은 이듬해 4월 말, 중국 정부가 제공한 여섯 대의 버
스를 나눠 타고, 충칭의 관문인 치쟝을 향해 류쩌우를 떠났다.

    4월 1일 오전 5시, 류쩌우 선착장에 도착한 답사단 일행은 곧장 미리
예약해 둔 호텔로 갔다. 몇 사람은 아침 식사 시간에 호텔 식당에서 다

시 만나기도 했지만, 점심 시간까지 호텔 방에서 내처 쉰 사람이 더 많았다.

호텔 식당에서 중국식의 점심을 먹으며, 매송은 오후에도 마저 쉬는 게 어떠냐고 일행에게 물었다. 배에서 보낸 서른여섯 시간의 후유증이 아직 덜 풀린 탓도 있지만, 앞으로 남은 노정이 지금보다 더욱 힘겹고 험할 것이기 때문에, 미리 충분히 쉬면서 힘을 비축할 필요가 있다고, 매송은 판단한 것이다. 다들 그러는 게 좋겠다고 응답했다.

"이 선생님, 그럼 오늘 저녁은 삼계탕을 먹어야겠어요. 힘을 기르려면 쉬는 것 이상으로 잘 먹어야 하잖아요?"

온누리소식에 기사를 송고하느라, 뒤늦게 식당으로 들어온 내리가 반가운 제안을 했다.

"삼계탕요?"

길남이 벌써부터 입맛을 다시며 반색을 했다.

"어때요, 싫으신 분 계세요?"

"그럴 리가요? 대신 오늘은 남자들이 장을 보러 갈 테니, 여자분들은 쉬세요. 막내, 우리 둘이 나갔다 오지?"

길남이 한솔한테 말했다.

"아니, 그럴 필요 없을 것 같아요. 창사에서 보니까, 호텔 식당에도 웬만한 건 다 있더라고요."

기쁨이 자리에서 일어나며 말했다. 녹차에 밥을 말아 먹던 금희가 슬그머니 숟가락을 내려 놓았다. 억지로 다 먹을 필요가 없어졌기 때문이다.

"제가 주방에 가서 알아 보겠어요. 재료가 다 있는지……."

기쁨의 가벼운 발길은 이미 주방 쪽으로 향하고 있었다. 다행히 주방에는 필요한 재료가 모두 있었다. 주방장은 기꺼이 주문식을 제공하겠다고 말했다. 예쁜 웃음으로 감사의 뜻을 표시한 기쁨은 조리법을 일러 주고 주방에서 나왔다.

"해 준답니다!"

기쁨이 주방장 면담 결과를 일행에게 알리자, 다들 환호하며 좋아했다.

"오후에 사우나나 안마 하실 분 계세요?"

기쁨이 묻자, 몇 사람이 손을 들었다. 기쁨은 호텔에 그런 시설이 있는지 확인하고 오겠다며, 출입문 쪽으로 다시 발길을 돌렸다. 그런데 몇 걸음 안 가더니 그 자리에 멈춰 섰다.

"아, 이런!"

"왜 그래요, 기쁨 씨?"

내리가 물었다.

"뭔지 한 가지를 빼 먹은 것 같더라니…! 글쎄, 마늘 얘기를 안 했지 뭐예요."

"뭐라고요! 삼계탕에서 가장 중요한 마늘을…?"

금희가 기가막히다는 듯이 기쁨을 쳐다봤다. 매송이 나섰다.

"아, 그건 내가 처리할 테니, 기쁨 씬 그냥 갔다 와요."

"알았어요, 이 선생님. 그럼 부탁 드려요."

그래서 기쁨 대신 매송이 주방엘 다녀왔다.

오후, 제각기 휴식을 하는 동안, 매송과 기쁨은 다음 행선지인 꾸이양(貴陽)으로 가는 기차표를 예매하기 위해 역으로 갔다. 꾸이양에서는 험난한 산길을 자동차로 오랜 시간 가야 하기 때문에, 여기서부터 꾸이양까지만이라도 기차를 타는 것이 좀 나을 것이라는 생각에서였다. 그런데 역에 도착해 역무원한테 물어 보니, 그리 가는 기차는 하루 한 번, 밤에만 출발한다고 했다. 매송과 기쁨은 잠시 의논 끝에 그냥 그 기차를 타기로 했다.

류쩌우에서는 특별히 답사할 만한 유적지가 없었다. 담중로(潭中路) 50호에 있는 3층 양옥집을 빌어 임시 청사로 썼다는, 대가족 가운데 한 분의 증언이 있었지만, 그 곳은 오래 전 도시 재개발이 될 때 그 주소지 주변 일대가 완전히 변했다. 그래서 지금은 그 자리를 찾는 일마저도 불가능하다는 것을, 매송은 지난 번 취재 여행에서 이미 확인했었다.

"그럼 내일 낮엔 뭘 하지요?"

호텔로 돌아오면서 기쁨이 물었다.

"어봉산엘 갑시다. 류쩌우가 자랑하는 명산 명소인데, 대가족도 이곳에 머물 때 한 번쯤은 다 다녀왔을 데에요. 거기 가면 그분들이 딛고 걸었을 돌계단이 아직도 그대로 있을 테니, 우리도 거길 한번 걸어가 보는 겁니다. 그런대로 뜻이 있지 않겠어요?"

기쁨이 좋은 생각이라고 말했다.

호텔로 와서 매송은 바로 사우나실로 갔고, 기쁨은 자기 방으로 올라갔다. 내리는 객실에서 간단히 샤워만 한 듯 방에 있었다.

"한솔 씨가 왔었어요. 그 동안 못 본 비디오테이프 보여 준다고……"

내리가 말했다.

"정말이에요?"

기쁨은 말을 끝냄과 동시에 벌써 전화기 쪽으로 손이 갔다. 그의 전화를 받은 한솔이 일 분도 안 돼 카메라 가방을 손에 들고 여자들 방으로 달려왔다. 사우나하러도 안 가고 기쁨이 돌아오기만을 기다리고 있었던 것이 분명했다.

"우한 도착 장면까지는 이미 보셨고…, 오늘 감상하실 내용은 그 뒤부터 창사, 광쩌우, 류쩌우를 거쳐, 꾸이양 역까지입니다."

한솔이 조금은 호들갑스럽게 말을 하며, 가방에서 꺼낸 비디오 카메라를 텔레비전과 선으로 연결시켰다. 이내 텔레비전 화면에는, 우한에서 촬영한 장면들이 생생하게 나타났다.

조금 지루하다 싶은 장면은 테이프를 빨리 돌렸음에도, 이들이 테이프들을 다 보는 데에 한 시간 반이나 걸렸다. 주강을 따라 이동하는 두 번째 배 여행 장면부터는 갑자기, 주인공이라도 되는 양, 기쁨이 집중적으로 자주 등장했는데, 한솔은 그런 장면에선 절대로 테이프를 빨리 돌리지 않았다.

이 날 저녁 식사는 다들 기대하고 기다린 삼계탕이었다. 종업원이 밀차에서 탕 열 그릇을 하나씩 꺼내 식탁에 올려 놓는 동안, 그의 곁에선, 자신의 솜씨를 칭찬 받고 싶은 주방장이 만면에 웃음을 띤 채 이방인들의 표정을 지켜보고 있었다.

그 때 자기 앞에 놓인 탕 속에서 낯선 것을 발견한 길남이 젓가락으로 그것을 집어 들며 중얼거렸다.

"어, 이게 뭐지? 여기 마늘은 이렇게 생겼나?"

새알 같은 하얀 것이 마늘쪽보단 조금 크고 동그랬다. 기쁨도 이상한지 서둘러 하나를 집어 입에 가져갔다.

"아니, 이건…!"

그제서야 뭔지 잘못됐음을 눈치챈 주방장이 참견을 했다. 주방장의 말이 채 끝나기도 전에, 기쁨이 놀라 소리쳤다.

"뭐라고요? 리즈라고요?"

당나라 미녀 양꾸이페이가 즐겨 먹었다는 리즈(荔枝). 플라타너스 열매처럼 생긴 과일인데, 붉은 빛이 도는 껍질을 벗기면 하얀 속살이 나온다. 그런데 이 달콤한 과육을 씨를 발라 내고 음식 속에 넣은 것이다. 마늘에 해당하는 중국말을 몰랐던 매송이 짧은 중국어 실력으로 애써 마늘 형상을 설명한 것이, 그만 중국인 주방장으로 하여금 새로운 삼계탕을 만들어 내게 한 것이었다.

"마늘 대신 리즈란 걸 넣은 삼계탕이라! 이런 삼계탕은 이 세상에서 우리만 먹어 볼 겁니다. 안 그렇습니까, 황 여사님?"

길남의 말을 끝으로, 일행은 더는 군말 없이 식사를 시작했다. 비록 마늘이 빠진 달짝지근한 삼계탕이었지만, 한국에서 온 답사단한테는 어떤 중국 음식보다 맛이 있었고, 뱃속을 든든하게 해 줬다.

호텔 복도에서 각자의 방으로 들어가기 전에, 내리가 매송한테 속삭였다.

"오늘은 참 한가롭고도 편안한 하루였어요. 그렇지요, 선생님?"

그러자 매송은 잠시 주춤하더니 혼자말처럼 중얼거렸다.

"고요함 뒤에는 폭풍이 따른다는데…!"

곁에 있던 내리가 눈이 동그래져 쳐다보자, 매송은 다시 얼굴에 웃음을 띠고, 한 손을 펴서 자기 입술에 댔다 떼며 두 여자한테 밤인사를 했다.

"잘 자요, 아씨들."

내리는 그 날 밤 매송의 바람대로 일찍 잠자리에 들었고, 깊은 잠에 빠졌다. 꿈도 꾸지 않았다. 긴장이 풀린 탓일까?

이튿날, 일행은 전날 하루 종일 잘 쉬고 삼계탕까지 먹은 때문인지, 다들 일찍 일어났다. 아침 식사는 서양식으로 간단히 먹고, 모든 가방을 기쁨과 내리가 쓰는 방으로 옮겼다. 호텔측에서 특별히 배려를 해줬다.

임대 버스 대신 이 날도 택시를 석 대 빌렸다. 그리고 일행은 도시 남쪽에 자리한 어봉산을 향해 류강을 건넜다.

어봉산(魚峰山)은 이 곳 사람들이 가장 즐겨 찾는 휴식처다. 공원으로 꾸며진 산 중턱엔, 이 지방을 대표하는 소수민족 장족(壯族) 사이에 전해져 내려오는 전설상의 미녀 가수 류쌴졔(劉三姐)가 권력에 항거하다 투신했다는 소룡담(小龍潭)이 있고, 가파른 돌계단을 계속 올라가면 산 정상이 나온다. 그 곳에서 북쪽을 바라보면, 말굽처럼 보이는 류강과 그 안쪽으로 폭 파묻혀 보이는 시가지가 한눈에 들어온다.

전망대에서 기만이 불쑥 물었다.

"참, 기쁨 양이 언젠가 그랬지요? 중국사람들은 여기 류쩌우에서 죽기를 원한다고…, 그게 대체 무슨 뜻이오?"

"아, 참, 그 얘길 안 드렸군요. 그렇습니다. 중국사람들은 쑤쩌우에서 태어나 류쩌우에서 죽으면 그 이상 더 바랄 것이 없다고 합니다. 그 이유는 다른 데 있는 것이 아니고요. 바로 이 지방에는 녹나무가 많이 자라는데, 그걸로 관을 만들면 그렇게 좋다고 합니다. 하지만 저도 실은 지금까지 그런 관을 본 적이 없으니, 뭐라고 더 자세한 설명은 할 수가 없어요."

"죽으면 다 흙이 될 것을…! 좋은 관 나쁜 관이 무에 그리 중요할까…?"

순례가 혼자말처럼 중얼거렸다.

"그래도 그게 아니지요. 태어날 땐 누구나 똑같이 벌거숭이로 세상에 나오지만 죽을 땐 다르잖아요? 혈육을 남기고, 재산을 남기고, 이름도 남기지요."

기만이 말했다. 그러자 순례가 그 말을 받았다.

"그렇다고 실체와 다른 거짓된 이름을 남겨서는 안 되지요. 그래 가지고는 혼령도 천상에서 편히 쉴 수가 없을 겁니다."

순례의 말에는 분명 뼈가 있었다. 그리고 기만을 쳐다보는 그의 눈길에는 지금까지 보지 못한 싸늘함이 얹혀 있었다.

어봉산공원에서 오전 시간을 보낸 일행은 산 아래로 내려와 점심을 먹고, 오후에는 도락암(都樂岩)공원으로 갔다.

류쩌우는 중국 제일의 명승지 꾸이린(桂林)에서 불과 2백 리 거리에 있다. 그래선지 이 곳 역시 산수화 같은 절경 속에, 종유석 동굴이 많이 숨어 있다. 도락암공원 안에도 그런 동굴이 네 곳이나 있는데, 일행은 그 중 한 곳인 통천동(通天洞) 동굴을 구경하기로 했다.

젊은 여자 안내원이 일행을 안내했다. 시간이 일러선지, 어두컴컴한 동굴 안엔 다른 구경꾼들이 거의 눈에 띄지 않았다.

태곳적 별천지가 바로 여기가 아닌지 하는 느낌이 들 만큼, 동굴 속엔 원시시대 동물들을 닮은 괴이한 형상의 종유석들이 많았다. 그런데 한 가지 아쉬운 점은, 특이한 모양의 종유석에는 어김없이 현란한 색조명을 비춰서, 오히려 자연의 신비감을 떨어뜨리는 것이다.

"저런 걸 보면 우리 나라 동굴 관리 수준이 한 단계 위예요."

한솔이, 바로 앞에서 걸어가는 주승한테 동의를 구하는 말을 던졌지만, 주승은 못 들은 척했다. 그 때 맨 앞에서 쇠다리를 건너고 있던 기만이 뒤를 돌아보며 목을 옆으로 길게 뺐다.

"아니, 이 사람이…?"

금희를 찾는 게 분명했다. 얼핏 그가 보이지 않자, 기만은 다리 끝에서 비켜선 채, 뒤따라오는 사람들을 자세히 살폈다. 그러나 금희는 물론 길남도 보이지가 않았다.

"아, 황 여사님…! 조금 전까지도 제 뒤에서 따라오셨는데…?"

매송이 뒤를 돌아보며 말했다.

순간, 무슨 생각을 했는지, 기만은 되돌아서서 쇠다리를 성큼성큼 걷기 시작했다. 매송도 그 뒤를 쫓았다. 암석 모퉁이를 돌아 다시 위로 난 계단을 오르려던 기만이 갑자기 발걸음을 멈췄다. 그리고 그는 그 자리에 얼어붙었다. 뒤따라온 매송이 기만의 눈길을 쫓아 위를 올려다보는데, 거기에는 한 쌍의 남녀가 서로 포옹한 채 진한 입맞춤을 하고 있었다. 금희와 길남이었다. 얼굴색이 하얗게 변해 있는 기만을, 매송이 등 뒤에서 재빨리 잡아끌었다.

"쉿! 침착하셔야 합니다."

다행히 기만은 이성을 잃지 않았다.

"알았어요."

그러고는 되돌아서 쇠다리가 있는 쪽으로 성큼성큼 걸어갔다.

'놀라운 인내력이다!'

매송은 이렇게 중얼이며 그 뒤를 따라갔다.

일행은 공룡 형상의 종유석 앞에서 안내원의 설명을 듣고 있었다. 둘은 슬그머니 그들 속에 끼어들었고, 어느 틈엔지 나타난 금희와 길남도 자연스럽게 일행에 합류했다. 그래서 동굴 안에서든 밖에서든 공개적인 불상사는 일어나지 않았다.

산에서 내려온 일행은 시내로 들어가 북쪽 번화가의 중심에 있는 유

후공원(柳侯公園)으로 갔다. 한국광복진선청년공작대 대원들이 류쩌우를 떠나면서 중국청년공작대 대원들과 함께 기념 사진을 찍은 장소로 알려진 곳이다.

과연 공원에는 사진에서 보이는 고목과 사당 건물이 남아 있었다. 일행은 어림잡은 현장에서 함께 기념 촬영을 했다. 그런데 놀랍게도 기만은 그 때까지도 전혀 자신의 감정을 내색하지 않았다.

저녁 식사는 밖에서 했고, 호텔로 돌아와선 휴게실에서 커피를 마셨다. 남들이 휴게실에서 시간을 보내고 있는 동안, 매송은 기만을 데리고 가방들을 모아 둔 기쁨 방으로 올라갔다.

매송은 둘밖에 없는 그 방에서 기만을 설득했다. 부인의 부정은 큰 충격이겠지만, 서울로 돌아갈 때까지는 절대로 모르는 척해야 한다. 여기서 부인을 추궁하고 소동을 일으키는 것은 결코 현명하지 않다. 더욱이 이 소문이 서울까지 퍼지면 큰일을 하려는 노 사장의 앞길에 먹구름이 낄 것이다, 라는 등, 기만을 달래고, 때로는 슬그머니 심적 압박도 가했다. 매송한테는 기만과 금희 사이의 내분보다 솔직히 답사 여행 자체가 공중 분해될까, 그게 더 걱정이었다.

어쨌거나, 기쁨과 내리가 빈 수레를 가진 호텔 종업원 두 명을 데리고 그 방으로 왔을 때는, 두 사람의 밀담이 잘 끝난 듯, 기만이 매송을 향해 고맙다는 인사를 하고 있었다.

오후 9시 40분, 답사단을 태운 야간열차는 류쩌우역을 출발해 북동 쪽으로 내달렸다. 좌석은 일등실 침대석(軟臥)이어서 네 명이 침대칸 하나씩을 차지했다. 그래서 교수와 매송, 내리와 기쁨이 한 칸에, 기만과 금희, 순례와 주승이 또 한 칸에, 그리고 길남과 한솔이 다른 한 칸에 들었는데, 운 좋게도 그 칸은 다른 두 좌석이 비어 있었다. 문을 안에서 잠글 수 있는 침대칸은 양쪽으로 좁은 침대가 두 개 층으로 설치돼 있는데, 잠을 자지 않을 때는 모두 아래쪽 침대에 앉아서 갈 수가 있게 돼 있었다.

한솔은 젊은 사람들이 편하게 가게 된 것이 어른들한테 미안스러웠다. 물론 중간 역에서 다른 승객이 올라와 빈 침대를 차지할 수는 있겠지만, 어쨌거나 마음이 편치가 않았다.

"아저씨, 우리가 양보하는 게 좋겠어요. 어른들은 좁게 가시는데 우리만 편하게 간다는 게 불편해요."

한솔의 제안에 길남도 기꺼이 동조했다.

"좋아. 그러면 누구한테 양보를 할까? 가장 나이가 많은 교수님하고 김 여사님께…?"

그렇게 말하다가, 길남은 자신의 말이 자기가 생각해도 우스웠는지 킥킥댔다.

"그건 좀 이상하지? 갑자기 두 분을 부부 만들 일도 없는데 말야."

"그럼요! … 저기, 그러지 말고요. 노 사장님 내외분께 양보하는 게 어때요? 그분들이야 실제 부부시니까 다른 분들도 이상하게 생각하진 않을 겁니다."

길남은 한솔의 생각이 썩 내키긴 않았지만 달리 반대할 까닭을 찾지 못해 동의를 했다. 그래서 그 침대칸은 기만과 금희가 쓰게 됐다.

떠난 지 한 시간쯤 됐을까, 매송이 객차 화장실에서 나오는데, 등 뒤에서 누가 그의 옷깃을 잡아끌었다. 놀란 매송이 돌아보자, 순례였다. 그가 화장실에 있는 동안, 문 밖에서 기다리고 있었던 게 분명했다.

"김 여사님께서 왜 여기에…?"

50

승강대로 나가 매송이 물었다. 순례는 전에 없이 잔뜩 긴장하고 있었다.

"잠깐 이 선생께 물어 볼 말이 있어서 기다렸어요."

순례가 나직하면서도 도전적으로 입을 열었다. 그 기세에 눌린 매송은 침을 삼켰다.

"아까 우리가 호텔 휴게실에서 쉬고 있는 동안, 두 분만 따로 객실에 계셨는데, 무엇 때문이었죠?"

매송이 눈을 끔벅이며 대답했다.

"아, 그거요? 저… 노 사장님께서 제게 할 말이 있다고 해…"

"할 말이란 게 혹시 친일파 아버지를 애국지사로 둔갑시키는 일을 도와 달라는 부탁이 아닌가요?"

매송은 쇠망치로 한 대 얻어맞는 듯한 충격과 함께 잠시 눈앞이 캄캄해지는 걸 느꼈다.

"아니, 김 여사님이 어떻게 그걸…?"

순례는 본의 아니게 배에서 엿듣게 된 경위를 말하고, 어떻게 그런 일이 이처럼 숭고한 답사 여행 중에 일어날 수 있냐며, 매송을 매섭게 다그쳤다.

"김 여사님, 죄송합니다. 저도 노 사장의 어이없는 요구에 대답할 가치를 못 느꼈습니다. 그러니까, 그분이 바라는 그런 일은 결코 일어나지 않을 겁니다. 설사 유 교수님이 도와 주고 싶어하셔도, 그렇게 될 수가 없는 일이란 것을 아시지 않습니까?"

매송은 마치 자기가 잘못해 생긴 일이기나 한 것처럼, 순례 앞에서 낯을 붉혔다.

"김 여사님, 저를 믿어 주십시오. 교수님도 그럴 분이 아니고요. 그러니까 여사님께서도 못 들으신 걸로 해 주셔야 합니다. 적어도 이 여행이 끝날 때까지만이라도요. 그러지 않으면……."

"알겠어요. 그러면 우리 이렇게 합시다."

두 사람은 타협을 했다. 매송은 친일파의 아들인 노기만을 돕지 않을 것이고, 순례는 기만이 갑판에서 한 얘기를 비밀에 붙이기로, 서로 약속을 했다.

아침이 되자, 기차 안은 다시 부산스러워졌다. 세면실에서 고양이 세수를 하는 사람, 찻병을 들고 온수 공급실에서 더운물을 받는 사람, 화장실 앞에서 차례를 기다리는 사람도 있었다.

일행은 식당차에서 번갈아 아침 식사를 했다. 기쁨이 자리를 지키고 있으면서 음식을 시켜 줬다.

"어서 오세요, 노 사장님. 잠은 좀 주무셨어요?"

다들 부석부석한 얼굴이었지만, 유난히 기만의 얼굴은 잠을 못 이룬 사람처럼 하룻밤 사이에 더 거칠해 보였다.

"커피나 한 잔 시켜 줘요."

기만이 기쁨한테 청했다.

10시쯤 돼서, 금희가 교수가 있는 침대칸 문을 두드렸다. 매송이 문을 열자, 금희가 들어오며 말했다.

"그이가 교수님을 잠깐 뵙자고 하네요."

"노 사장이 나를요?"

지도를 꺼내 보고 있던 교수가 돋보기 너머로 금희를 쳐다봤다.

"네. 저희 침대칸엔 지금 그이밖엔 없거든요. 아주 조용하답니다."

"잠깐 다녀오시지요?"

매송이 거들었다. 교수는 돋보기를 지도 위에 내려놓고, 그다지 내키지 않는 걸음으로 밖으로 나갔다.

"저보고도 여기 있으라고 했어요. 괜찮지요?"

금희는 그렇게 말하며, 교수가 앉았던 침대에 털썩 주저앉았다.

"노 사장, 날 보자고 했소?"

교수가 기만이 혼자 있는 침대칸 문을 열며 말했다. 기만은 자리에서 벌떡 일어났다.

"죄송합니다. 귀찮게 오시라고 해서……."

교수가 맞은편 침대에 걸터앉자, 기만은 문을 닫고 자기 침대에 앉았다. 교수가 먼저 입을 열었다.

"노 사장, 광쩌우에서 한 얘기라면 더는 듣지 않겠소. 그때도 말했지만, 그건 결코 가능한 일이 아니기에 하는 말이라오."

기만은 고개를 떨군 채 한동안 입을 열지 않았다. 이상하게도 지금 그의 머릿속에선, 도락암공원 종유동굴 안에서 길남 품에 안긴 금희의 모습만이 어른거릴 뿐, 다른 생각은 떠오르질 않았다.

"특별히 할 말이 없으면 난 도로…"

교수가 자리에서 일어나려고 하자, 기만은 그제서야 할 말이 생각난 듯 불쑥 한 마디를 뱉었다.

"유, 갑, 성…, 혹시 이런 함자를 가진 분을 알고 계십니까, 교수님?"

교수가 그 침대칸에서 밖으로 나온 때는 기차가 종착지에 닿기 한 시간 전쯤 돼서였다.

얼굴색이 흙빛으로 변한 교수가 원래 자기가 있던 칸으로 돌아오자, 매송을 비롯해 내리, 기쁨, 금희는 놀라 자리에서 벌떡 일어났다.

"왜 그러세요? 어디가 편찮으신 거예요?"

금희가 울상이 되어 물었지만, 교수는 대답을 하지 않았다.

일행을 태운 기차는 낮 12시 20분에 꾸이양 역에 도착했다. 역 구내 철길에는 봄비가 추적추적 내리고 있었다.

15
(꾸이양) 검령산의 비밀

임시정부 유적지 답사단이 기차를 타고 류쩌우 역을 떠나 꾸이양 역에 닿는 데까지 걸린 시간은 열다섯 시간이 조금 못 됐다. 그러니까 아침 일찍 떠난다면 하루에 충분히 갈 수 있는 거리다.

그러나 예전에 임시정부 대가족을 태운 여섯 대의 버스가 모두 꾸이양에 도착하는 데는 4, 5일이나 걸렸다. 중국정부가 특별히 배려한 버스였지만, 고장이 잦았기 때문이었다. 그 바람에 목적지인 치쟝에 닿기도 전에 대가족은 여비가 떨어졌다. 그래서 이들은 충칭에서 다시 돈이 올 때를 기다리느라고 예정에 없이 사흘을 더 꾸이양에서 머물러야 했다. 충칭에 머물고 있는 김구는 중국정부와 수시로 접촉하며 대가족이 피난하는 데 필요한 비용을 조달해 왔는데, 낡은 버스 탓에 차질이 생긴 것이었다.

꾸이쩌우성(貴州省)의 성도 꾸이양(貴陽)은 중국 남서부에 있는 항공과 철도 교통의 중심지다. 해발 1,070미터의 고지에 자리잡고 있고, 오강(烏江)의 지류인 남명하(南明河)가 시내를 가로지른다. 묘족(苗族), 포의족(布依族), 회족(回族) 들의 소수민족이 많이 거주하며, 흐린 날이나 비오는 날이 많은 게 여느 지방과 별나다.

꾸이양 역 광장에선, 충칭에서 온 여행사 버스가 한국에서 온 사람들을 기다리고 있었다.

버스에 오른 답사단은 예약한 호텔로 곧장 가지 않고, 시내 중심가에서 먼저 점심 식사를 했다. 기차에서 먹은 구운 빵 몇 조각으로는 밤새 시달린 육신의 허기가 채워지질 않았는지, 비록 중국음식이었지만, 다들 평소보다 많이 먹었다.

이 날 오후는 류쩌우에서처럼 특별한 일정을 잡지 않고 쉬기로 했다. 열다섯 시간의 기차 여행은 그 노독이 서른여섯 시간의 배 여행에 비해 결코 가벼운 것이 아니었다. 내일도 하루를 더 쉬고, 모래 새벽에 이번 답사 여행에서 가장 힘든 노정을 시작하기로 했다.

내리는 호텔 방에 들자마자, 서울에 있는 민규한테 전화부터 걸었다. 민규는 통화 중에, 대학생 문제는 국내 관계기관에서도 무탈하게 처리가 돼 사건 종료됐고, 다시 시작한 고구려유적지 답사 여행 상품도 잘 팔리고 있다는, 반가운 소식을 전해 왔다.

"임시정부 쪽도 잘 되고 있겠지? 이 작가님도 계시고, 무엇보다도 네가 있어서 난 안심이야."

민규가 말했다. 그러나 내리는 사실대로 말할 수가 없었다. 거짓말 반 진담 반으로, 그가 한 말은 이러했다.

"응. 이제 칠십이 굽잇길만 넘으면 치장이라니까, 거의 끝나 가는 거지 뭐. … 그래, 별 탈 없이 다들 편안하게 여행 잘하고 있어. 그러니 염려 마."

민규가 전화를 끊기 전에 한 마디를 보탰다.

"참, 일행 중에 박한솔이라고 있지? 대학생 말야."

"응, 있어."

"그 친구보고 서울에 계신 이모님한테 전화 좀 걸라고 그래. 요 며칠 동안 통 소식이 없다고, 이모란 분이 우리 회사로 전화를 하셨어."

"전화번호는… 알고 있겠지?"

"그렇겠지. 하지만 적어 봐."

내리는 전화번호를 받아 적었다. 그리고 저녁 식사 중에 민규의 전언을 그 번호와 함께 한솔한테 가르쳐 줬다.

"969의 02x6이라고 전화번호도 남기셨대요. 방에서 하셔도 되니까 꼭 거세요. 알았죠?"

"고마워요, 누나. 이따 걸게요."

한솔이 얼굴까지 붉히며 대답했다. 이모가 없는 기쁨은 어머니보다도 이모가 더 조카한테 애정을 쏟는 까닭을 잘 몰랐다.

"한솔 씬 어머님보다 이모님하고 더 잘 통하나 봐요?"

"그런 게 아니고…, 실은 우리 이모한텐 아들이 없어요. 그래서 날 어릴 적부터 친자식처럼 보살펴 주셨지요."

"아, 그렇구나!"

기쁨이 부러운 듯 고개를 까닥였다.

그제서 내리는 식사를 시작할 양으로 젓가락을 집어 들었다. 그런데 그 때 자신의 눈길을 잡아끄는 사람이 있었다. 맞은편에 앉아 있는 주 승이었다.

'아니, 저 사람은 또 왜…?'

잔뜩 굳어 있는 주승이 초점 잃은 눈길로 안절부절못하는 것이었다. 내리가 한솔한테 그의 이모 얘기를 꺼내기 전까진 분명히 평소와 다른 점이 없어 보였는데, 무엇이 갑자기 그를 저렇게 불안하게 했는지, 내리로선 도무지 헤아릴 수가 없었다.

그 때 교수가 불쑥 입을 열었다.

"여기서부터 치장까지는 매우 험한 길이라는데, 그 길에 대해 이 작가가 아는 대로 설명을 좀 해 봐요. 나도 그 길은 처음이라서……."

매송은 앞으로 남은 노정에 대해 자세히 설명을 했다. 특히 72굽이 산길이 얼마나 험하고 또 아름다운지에 대해 열변을 토했다. 그 바람에 내리는 더는 주승을 주목할 수가 없었다.

"칠십이 굽잇길이란 데선 쉬었다 가는 거지요?"

기만이 물었다.

"그럼은요. 세상에서 보기 드문 절경인데 어떻게 기념 촬영도 안 하고 그냥 지나갈 수 있겠어요. 걱정 마세요. 노 사장님께서 사진 충분히 찍으시도록 배려하겠습니다."

매송이 신이 나서 말을 하고 있는 동안, 주승은 슬그머니 젓가락을 식탁 위에 내려 놓고 자리에서 일어났다.

다음 날 아침, 밤기차의 피로를 말끔히 씻은 일행은 이 도시 북서쪽에 있는 검령산(黔靈山)을 구경하기 위해 호텔을 나섰다. 비도 그쳐서 외출하기 좋은 날씨인데, 웬일인지 주승은 혼자 쉬고 싶다며 호텔에 남았다.

검령산은 호텔에서 가까웠다. 산비탈이 몹시 가파른데, 다행히 리프트가 있어서 일행은 그것을 이용했다. 고도가 차츰 높아지면서, 리프

트에서도 시가지가 한눈에 내려다보였다.

몇 개의 산으로 이뤄져 있는 검령산은 고목과 기암이 유난히 많아 신비롭고 아름다웠다. 정상에서 다시 안쪽으로 난 산길을 따라 내려가니, 멀리 사찰이 보였다. 17세기에 창건됐다는, 유서 깊은 절 홍복사(弘福寺)였다.

산문 앞 들머리에는, 이 절이 꾸이양의 자랑거리고 대표적인 관광명소라는 안내 팻말이 세워져 있었다. 그래선지 절 마당에는 오전인데도 많은 사람이 찾아와, 중국향을 한 묶음씩 태우며 저마다 소원을 빌고 있었다. 순례도 커다란 불상 앞에서 합장을 하고 공손히 절을 했다.

한동안 사진을 찍지 않았던 기만은 이색적인 중국 사찰 풍경을 필름에 담느라 여념이 없었다. 장강의 여객선에서 금희 아버지가 독립군이 아니었다는 걸 알기 전에 보여 줬던 그 활기찬 모습이 다시 살아난 것이다. 여유까지 생긴 기만은 교수한테 기념 사진 한 장 찍어 주겠다고 말을 꺼냈는데, 교수는 사양했다.

그러는 동안 금희는 남의 눈길을 별로 의식하지 않고, 길남과 어울려 여기저기 돌아다녔다. 그래선지 일행 사이에는 기만과 금희가 정식 부부가 아닐 거라는 말이 처음으로 나돌기 시작했다.

한편 호텔에 남은 주승은 일행이 산으로 떠난 직후 호텔 교환대로 전화를 걸었다. 그리고 영어로 물었다. 어제 한국으로 전화를 건 투숙객이 있느냐고. 교환원이 왜 그러냐고 되묻자, 주승은 자기가 한국에서 온 단체 투숙객의 회계 담당자라고 대답했다. 그러자 교환원은 선선히 한솔이 신청했던 전화번호를 그에게 가르쳐 줬다. 전화번호를 확인한 주승은 일층 로비로 내려가서 공중전화로 서울에 전화를 걸었다.

'969' 로 시작하는 그 번호에서는 귀에 익은 목소리가 들려 왔다. 주승은 말없이 송수화기를 내려 놓았다.

산에서 내려온 일행은, 시내 번화가인 대십자(大十字)에 있는 양식당에서 점심을 먹고, 시장에 들러 과일을 비롯해 다음 날 버스 안에서먹을 간식거리를 샀다. 그리고 호텔로 돌아가려는데, 갑자기 교수가백화점에 들러 살 것이 있다면서, 버스를 타지 않았다.

나머지 사람들은 호텔로 돌아와 각자 자기들 방으로 흩어졌다. 한솔도 길남과 함께 방으로 들어갔다. 그러자 기다렸다는 듯 전화벨이 울렸다. 한솔이 받아 보니, 옆방에서 건 주승의 전화였다.

"알았어요. 바로 갈게요."

한솔은 웬일인지 해서 겉옷도 벗지 않은 채 주승의 방으로 건너갔다. 주승은 문을 열어 준 뒤 앞장 서 안으로 먼저 들어갔다. 한솔이 그의 등 뒤에서 붙임성 있는 목소리로 인사를 했다.

"선배님, 점심은 드셨어요?"

주승이 돌아섰다. 그런데 얼굴 모습이 아주 낯설었다. 적어도 한솔은 지금까지 그한테서 그렇게 화가 난 표정을 본 적이 없었다. 다짜고짜로 주승의 손바닥이 한솔의 뺨을 때렸다.

"나쁜 놈!"

영문을 모르는 한솔은 피할 생각도 않고 주승을 빤히 쳐다봤다.

"선배님…!"

"넌 누구니? 네 정체가 뭐냐 말이다. 누구 사주를 받고 날 감시하고있는 거야?"

이윽고 이웃 객실들에서 큰 소리에 놀란 사람들이 밖으로 뛰쳐나오

60

고…, 매송과 내리, 기쁨, 길남도 차례로 주승의 방으로 달려왔다. 그들이 본 눈에, 방 안에는 무섭게 성이 나 있는 주승과 말 한 마디 못 하며 일방적으로 당하고만 있는 덩치 큰 한솔의 모습이 들어왔다. 침실 바닥에는 깨진 찻잔과 재떨이, 전화기가 나뒹굴고 있고.

"최 선생! 이게 무슨 짓이요?"

매송과 길남이 달려들어 뜯어말리자, 주승은 그제야 한솔한테서 떨어졌다.

꼴이 엉망이 된 한솔은 이들 앞에서 고개를 떨구며 풀죽은 소리를 냈다.

"죄송합니다. 다 제 탓입니다. 최 선배님한테는 아무 잘못이 없어요."

어느 틈에 기만과 금희, 순례까지도 방에 들어와 놀란 눈으로 이 광경을 지켜보고 있었다.

한솔이 이번에는 주승을 향해 돌아서더니 털썩 무릎을 꿇었다.

"여러 분들 앞에서 제가 다 고백하겠습니다. 저는 사실 이번 여행에 참가한 목적이 따로 있었습니다. 바로 여기 계신 최주승 씨를 곁에서 지켜보며, 이분의 진실을 알아 내는 게 제가 이 여행에서 해야 할 일이었습니다."

모든 사람의 입에서 동시에 탄식이 나왔다. 그리고 한 박자 늦게 언성을 높인 사람은 길남이었다.

"그럼 막내 자네는 스파이였구먼! 대관절 누가 무엇 때문에 자네한테 그런 일을 시켰나?"

"그렇습니다. 전 스파이입니다. 제가 이모한테 부탁 받고 죄 없는 분을 의심하고 감시했습니다."

한솔이 대답했다.

"이모한테서요?"

어이가 없다는 듯 내리도 목소리를 높였다. 한솔은 고개만 한 번 끄덕였다. 그러자 그 때까지도 분을 삭키지 못하고 있는 주승이 비로소 입을 열었다.

"사위란 놈이 당신의 딸을 정말로 죽였는지, 그게 알고 싶었을 겁니다."

다시 한 번 사람들이 경악하는 가운데, 매송이 입을 열었다.

"자, 다들 진정하시고 자리를 좀 정리합시다. 그리고 문가에 계신 분은 문을 좀 닫아 주세요."

누군지 문을 닫자, 매송은 먼저 두 사람, 주승과 한솔을 의자에 앉히고, 다른 사람들은 두 침대 위에 적당히 걸터앉도록 했다.

"어차피 소동은 일어났고 우리가 다 알게 됐습니다. 그러니까 최 선생이 괜찮으시다면, 우선 한솔 군의 얘기를 들어 보도록 합시다. 두 분이서 조용히 해결 지으시겠대도 상관은 없습니다만……."

주승이 물이 먹고 싶다고 했다. 냉장고 쪽에 앉아 있던 기쁨이 냉장고 안에서 광천수 한 병을 꺼내, 마개를 뽑아 주승한테 건넸다. 주승은 한 병을 다 마실 듯이 찬물을 벌컥벌컥 들이켰다. 그리고 나서 차분히 입을 열었다.

"제가 먼저 말씀을 드리지요."

"아, 그렇게 하시겠어요?"

매송이 대꾸했다.

"저는 직업이 의사입니다. 아니 의사였습니다, 내과 의사……."

"아, 그래서 그때 배에서…!"

금희 입에서 튀어나온 말이다. 주승은 말을 이어갔다.

"지난 여름에 아내와 함께 강원도로 피서를 갔다가 끔찍한 사고를 당했습니다. …… 장맛비가 제법 내리는 저녁 녘이었어요. 바닷가 방파제에 차를 세워 놓고서 저와 아낸 사소한 일로 좀 다퉜습니다. 화가 나 차 밖으로 뛰쳐 나온 저는 비를 맞으며 십여 분을 걸어 인근 구멍가게로 갔지요. 거기서 캔맥주 하나를 산 뒤 다시 방파제로 돌아갔는데…, 그런데 거기에는 있어야 할 제 차가… 보이질 않는 거였습니다. 처음엔 아내가 차를 몰고 숙소로 돌아갔나 했는데 그게 아니었어요. 차 안에 혼자 남아 있던 아내는 차와 함께 바닷물 속에 있었고…, 구조대가 도착했을 때는 이미… 늦었습니다."

다들 숨소리 하나 없이 주승의 말에 귀를 기울였다.

"경찰이 인양한 차를 조사했는데, 엔진과 에어컨은 가동 상태에 있었음에도 자동변속기가 중립에 가 있었습니다. 물론 저는, 대부분 사람이 다 그러하듯이, 차에서 내릴 때 변속기를 주차 위치에 놓고도 사이드 브레이크를 꼭 채우는 버릇을 가지고 있습니다. 그러나 경찰은 제 말을 믿으려 하지 않았어요. 제가 차에서 내리면서 일부러 사이드 브레이크를 헐겁게 채우고 변속기도 중립에 놓았다는 겁니다. 경찰이 그런 의심을 하게 된 계기는, 그 날 저녁 사고가 나기 전에 우리 부부가 차 안에서 심하게 다투는 것을 보았다는, 한 목격자의 증언 때문이었습니다. 그래서 저는 아내를 살해한 용의자로… 그 날 밤 경찰에 체포됐습니다."

"저런!"

순례의 입에서 탄식이 흘러나왔다.

"그리고 전 법정에 섰고, 일심 재판에서 무기징역형을 선고 받았습니다. 그러나 고등법원의 이심 재판에서는 증거가 미흡하다는 이유로 판사는 제게 무죄를 선고했지요.”

길남이 참지 못하고 입을 열었다.

“그렇다면 부인이 자살을…?”

“글쎄요. 그건 잘 모르겠어요. 아내가 충동적으로 그랬을 수도 있다고, 제 변호사는 법정에서 주장했지만…….”

다시 매송이 물었다.

“그런데 따님을 잃고 상심이 컸던 장모님만큼은 최 선생이 석방된 뒤에도 사위에 대한 의심을 풀지 않았군요?”

“그렇습니다.”

“그리고 그 장모님이 바로 한솔 군의 이모이시고요…?”

“네.”

매송의 마지막 물음에는 주승과 한솔이 동시에 대답했다. 그제서야 돌아가는 사정을 어렴풋이나마 이해한 사람들은 고개를 끄덕거렸다. 잠시 침묵이 흐르고, 이번엔 한솔을 향해 매송이 입을 열었다.

“그런 일들이 모두 한솔 군 자네가 군대에 가 있는 동안 일어난 것이 겠구먼…?”

한솔이 대답했다.

“네. 이종사촌 누나가 결혼했을 때도 저는 군대에 있었고, 작년 그런 사고가 일어났을 때도 저는 군대에 있었습니다. 그런데 제가 제대를 하고 보니, 이모님은 그때까지도 재판으로 이미 혐의를 벗은 매부를 의심하고 계셨습니다. 그런 중에 매부가 중국 여행을 떠나는 걸 어떻게 아셨는지, 이모는 매부한테 낯이 익지 않은 저를 이 여행에 참가토록 하신 겁니다. 어떻게든 매부가 살인자라는 증거를 잡아 보라고 말이지요."

"그래서… 증거를 찾았어요?"

매송이 다시 물었다.

"천만에요. 그 동안 곁에서 형님을 유심히 지켜봤는데, 결론은 아니었습니다. 형님은 어떤 사람보다 아내를 사랑하셨고, 저희 이종 누님을 지금까지도 잊지 못하는, 결백한 분이란 걸 알았습니다."

주승이 고개를 들어 한솔을 쳐다봤다. 순간 내리 머릿속에선, 항쩌우의 서호에서 주웠던 주승의 신혼 때 사진이 떠올랐다. 그토록 사랑했던 아내를 잃고서, 둘이 함께 거닐었던 추억의 신혼여행지를 다시찾은 남편인데, 그런 사람이 범죄자일 수는 없다는 생각이 내리한테도들었다.

"그렇다면 오히려 한솔 군이 매부의 결백을 입증한 셈이 됐군요. 그런 말씀을 이모님께 드렸어요?"

매송이 훨씬 편해진 얼굴로 한솔한테 물었다. 한솔이 대답했다.

"광쩌우에서 그런 요지의 말을 전화로 드렸어요. 그런데 이모님은아직도 생각을 바꿀 준비가 안 돼 있는 것 같았어요. 그래서 저는, 나중에 서울 가서 자세히 말씀 드리면 그 땐 믿으시겠지 하는 생각에서, 그뒤론 전화를 안 했어요. 그랬더니…"

한솔의 말을 내리가 받았다.

"이모님께서 여행사로 전화를 하셨고…, 엊저녁에 식당에서 제가이모님 댁 전화번호를 한솔 씨한테 전할 때, 그 번호를 기억하고 계셨던 최 선생께서 사태를 알아차리신 거군요?"

주승이 말을 받았다.

"한솔 군을 의심하기 시작한 건 사실은 광쩌우에서 배를 탔던 그 날 저녁부터였습니다. 제 입으로 제가 의사란 걸 말한 적이 없는데, 이 친구는 이미 알고 있는 것처럼 저한테 노 사장님을 응급처치하라고 소리를 쳤지요. 그래서 저는 그때부터 한솔 군을 경계했습니다."

두 사람은 일행 앞에서 기꺼이 화해를 했다. 이종사촌의 매부와 처남 사이였지만, 결혼식장에서도 그렇고 그 뒤에도 한 번도 서로 만난 적이 없었던 탓에 일어난 불상사였다. 충격과 오해, 노여움을 완전히 털어 버린 주승은 너그러운 마음으로 처남을 용서했다. 한솔도 진심으로 용서를 구했고, 다른 이들은, 한솔이 여행에 위장 참가한 것이 오히려 좋은 결말을 가져와, 전화위복의 계기가 됐다며, 주승을 위로했다.

그 날 저녁 식사 때는 여러 날 만에 술도 한 잔씩 했다. 덩달아 기분이 좋아진 기만은, 이 지방이 생산하는 마오타이에 이은 또 하나의 명주, 동주(董酒) 병을 들고 방에서 내려왔다. 아까 시내에 들렀을 때 식품점에서 그가 따로 샀던 술이다. 일행은 새알만큼 작은 백주잔에 그 술을 한 잔씩 받아 들고, 주승과 한솔의 화해를 함께 축하했다.

아직까지도 놀란 가슴이 두근거리는 내리는, 매송이 말했던 '고요함 뒤에 오는 폭풍' 이 이것으로 다 지나갔기를 진심으로 바라면서, 60도 독주에 혀끝을 살며시 대어 봤다. 도저히 넘길 자신이 없었다. 금희가 맥주를 시켰다. 그래서 여자 네 명은 맥주를 한 잔씩 마셨고, 교수는 꾸이쩌우의 명주도 마시고 맥주도 마셨다.

16
(72굽잇길) 아름다운 곳에서

4월 5일 새벽 5시 50분, 여행사 버스가 호텔 뒷마당 주차장에서 나와 현관 앞에 멈춰 섰다. 버스에는 운전사 외에도 전날에 못 보던 중국인 남자가 한 명 더 타고 있었다. 보조 기사였다. 비포장 도로는 물론이고 험준한 산도 여러 개를 넘어야 하는 장거리 구간에선 운전대를 교대로 잡을 사람이 꼭 필요하다고, 궁금해하는 사람들한테 매송이 귀띔해 줬다. 답사단 일행은 가방들을 짐칸에 넣은 뒤 차에 올랐다.

6시 정각, 버스는 어두컴컴한 도시의 새벽 길을 열며 앞으로 나아갔다. 밤부터 다시 내리기 시작한 비가 전조등 불빛 속에서 아스팔트 노면을 적시며 차창으로 달려들었다.

예순여섯 해 전, 중국 국민당정부가 제공한 여섯 대의 버스를 나눠 탄 임시정부 대가족은 꾸이양을 출발해 최종 목적지인 쓰촨성(四川省)의 문턱 도시 치쟝(綦江)에 도착하는 데 사나흘이 걸렸었다. 그런 노정을 당일로 끝내려니, 어쩔 수 없이 이들은 새벽에 나설 수밖에 없었다.

차 안엔, 아직 잠에서 덜 깬 사람도 있고, 어둠 속에 어른거리는 도시의 새벽 풍경을 느긋하게 감상하는 이도 있었다. 눈을 지그시 감고 있는 내리의 머릿속에선 문득 이런 생각이 떠올랐다.

'그때 그분들이 떠날 때도 오늘처럼 비가 내렸을까?'

도시를 빠져 나와 한 시간 남짓 고속도로를 달리자, 다행히 비가 그치고, 길에는 오가는 차들이 한결 많아졌다. 오강(烏江)이라 적힌 도로 표지판이 멀리서 모습을 나타내자, 매송이 차에 있는 마이크를 손에 쥐었다.

이윽고 버스가 오강 다리를 올라서자, 사람들이 고개를 돌려 차창 밖을 내다봤다. 강폭은 그다지 넓지가 않았다.

매송이 입을 열었다.

"저 강이 바로, 옛날 초패왕 항우(項羽)가 유방(劉邦)한테 쫓기다가 만난 강인데, 세찬 물결 때문에 건널 수가 없자, 자신의 운명이 다한 것으로 여기고 자살했다는, 유명한 오강입니다."

그래선지 강바닥은 깊고 물살은 세어 보였다.

오강을 건너고, 고속도로가 끝나자, 작은 도시 쭌이(遵義)가 일행을 맞았다. 화장실에 가고 싶은 사람들이 차에서 내리길 원했다. 그러나 기사는 시내에서 차를 세우지 않고, 조금만 더 참으라고 했다. 그리고 버스가 멈춘 곳은, 시 변두리 한갓진 도로변에 있는 2층 목조 건물 앞이었다. 긴 담장에 둘러싸인 중국풍의 저택 입구에는, 국가문화재 표시와 함께 '遵義會議場' (쭌이회의장)이라 적은 간판이 붙어 있었다.

차에서 내린 사람들은 중국 사적지 안에 있는 깨끗한 화장실부터 찾았다. 그리고 나서 여유롭게 매송한테서 건물에 관한 설명을 들었다.

1927년 국공합작이 깨지자, 국민당 내에서 추방된 공산당은 정강산(井岡山)에 최후의 근거지를 마련하고, 노동자와 농민으로 구성한 붉은 군대(홍군)를 재편성했다. 그리고 주변 지역으로 차츰 세력을 확대해 나갔다.

1931년 11월에는, 쟝시성(江西省)의 루이진(瑞金)에서, 중화 소비에트 공화국 임시정부를 세웠고, 이때 마오쩌뚱은 중앙집행위원회의 주석이 됐다.

그러나 1933년 말, 국민당 군대의 포위망이 홍군의 세력 근거지들을 잇달아 압박하자, 절망적인 상태에 빠진 공산당은 쟝시 소비에트 지구로부터 철수할 것을 결정하고, 1934년 10월, 대장정에 올랐다.

그때 루이진을 탈출한 홍군의 주력부대는, 막대한 피해를 입으면서도 석 달을 걸어, 1935년 1월, 쭌이에 도착했다. 그리고 바로 이 건물에서, 중국 공산당 정치국 확대회의가 사흘 간 열렸는데, 그 자리에서 당 지도부의 실책을 강력히 비판한 마오쩌뚱이 공산당의 실질적인 지도권을 장악했다. 그리고 장정은 계속됐다.

(홍군의 대장정은 국민당 군대의 봉쇄망을 뚫고, 지방 군벌과 싸우면서, 모두 11개 성을 통과해, 1935년 10월, 최종 목적지인 산시성(陝西省) 앤안(延安)에 도착했다. 그 사이에 이들은 18개의 산맥을 넘고, 17개의 강을 건너는 등, 총 1만2천 킬로미터의 거리를 강행군했다. 그리고 1년 전 루이진을 떠날 때 주력부대의 숫자는 8만여 명이었지만, 마지막 남은 자는 8천여 명, 나중에 다른 방면에서 온 부대원까지 합쳐도 홍군의 전체 숫자는 3만 명밖에 안 됐다. 이들은 이후 항일투쟁과 공산혁명의 중심 부대가 됐고, 마오쩌뚱은 1949년 10월 중화인민공화국을 건국해, 정부 주석이 됐다.)

건물 2층에는 회의실과 지도자들이 묵었던 방이 그대로 남아 있는데, 쩌우언라이가 쓴 방과 펑더화이(彭德懷)와 양쌍쿤(楊尙昆)이 함께 쓴 방만이 있고, 마오쩌뚱의 방은 없었다.

"이것을 봐도, 홍군이 이 곳 쭌이에 도착할 때까지는 마오쩌뚱이 공산당의 최고 지도자가 아니었다는 사실을 엿볼 수가 있습니다."

매송이 말했다.

일행은 다시 버스를 타고 홍군의 장정 길을 따라 북쪽으로 향했다. 어느 사이 포장 도로는 사라지고, 버스는 비포장 도로 위를 달리고 있었다. 그리고 얼마를 못 가 언덕길을 오르는가 싶더니, 차가 갑자기 멈춰 섰다. 앞에 가던 다른 차들도 마찬가지, 언덕길은 순식간에 멈춰 선 차들로 길다란 줄을 이뤘다. 성미 느긋한 중국인 운전 기사들은 아예 차 밖으로 나와 담배를 피워 물었다. 알고 보니, 짐차 한 대가 비가 와서 생긴 진창길에 빠진 것이다.

이십여 분을 지체한 뒤 가까스로 언덕을 넘자 다시 평탄한 도로가 나왔다. 길 옆으로 펼쳐 있는 노란 유채밭이 일행의 피곤한 심신을 잠시 달래는가 싶더니, 그것도 잠시, 버스는 다시 산간 벽지 가파른 고갯길을 오르기 시작했다.

고갯마루에는 홍군이 지나간 길임을 일깨워 주는 거대한 홍군전투 기념탑이 서 있었다. 내리는 그것을 보며 생각했다. 우리의 망명정부도 이 고개를 넘어갔는데, 지금 그 흔적은 아무 데도 없다. 기념비까지는 아니어도 그런 사실을 적은 나무 푯말이라도 하나 있으면 얼마나 반가울까.

꾸이양을 떠난 지 일곱 시간 만에 답사단이 탄 버스는 꾸이쩌우성 관할의 마지막 도시 퉁쯔현(桐梓縣)에 도착했다. 도시라기보다는 한국의 면 소재지 정도 되는 작은 산간 마을이었다.

일행은 이 곳에서 한 시간 동안 쉬면서, 중국 음식밖에 할 줄 모른다는 한 시골 식당에서 점심을 먹었다.

식사를 하면서 매송은, 특별한 유적지가 없으면서 노정만 고단한 천릿길을 굳이 그때와 똑같이 자동차를 타고 가는 까닭에 대해, 일행에게 설명했다.

"임시정부가 피난했던 길도 유적지라는 것이 제 생각입니다. 여러분도 이미 일정 부분 경험하셨으니 지금쯤은 다들 공감하시리라 믿습니다만, 배를 타고 산을 넘어야 하는 그 험난한 노정 자체야말로 피난지의 어떤 건물이나 장소 못지않은 역사의 현장이 아니겠습니까? 그래서 저는 이번 임시정부 유적지 답사 여행 속에 배 여행과 기차 여행 그리고 오늘 우리가 하고 있는 자동차 여행을 굳이 포함시킨 겁니다. 그때 대가족이 겪은 것에 비하면 기간도 짧고 고생도 훨씬 덜한 수월한 여정이지만, 그래도 주요 도시 몇 군데만 방문하는 유적지 답사 여행으로는 결코 얻을 수 없는 값진 교훈과 감동을 우리는 가져갈 수 있습니다."

아직도 갈 길은 까마득한데 벌써 지쳐 있는 사람들을 격려하기 위해, 매송은 짧게나마 열변을 토했다. 매송은 힘든 노정도 이것이 마지막이라는 말을 빠뜨리지 않았다.

사람들이 매송의 말에 자부심을 얼마나 느꼈는지는 알 수 없어도, 마지막 고생이라는 말에는 저으기 안도감을 느끼는 듯했다.

식당에서 밖으로 나온 일행은 마을 길을 거닐며 굳은 몸을 풀었다. 육십대 두 어른도 아직까지는 잘 버티고 있었고, 하늘은 어느 날보다 맑고 푸르렀다.

2시에 일행은 마을을 출발했다. 십 분을 못 가, 버스는 산모퉁이로 들어서고 속도가 떨어졌다. 본격적인 산허리 주행이 시작된 것이다.

점점 가파라지는 산길에서 보이는 것은 깊은 골짜기와 산등성이에 걸린 하얀 뭉게구름뿐, 어디를 둘러봐도 민가라고는 한 채도 눈에 띄지 않았다.

중일전쟁 중, 한국의 임시정부가 이동했던 길, 태평양전쟁 때는 중국과 미얀마를 잇는 대 동맥 구실을 했던 이 길을, 한국의 단체 여행객으로서는 처음으로 내딛는, 감회 깊은 순간이기도 했다.

퉁쯔현을 떠난 지 한 시간이 안 돼, 일행을 태운 버스는 산등성을 올라섰다. 72굽잇길이 시작되는 이 산의 고갯마루였다.

버스가 길 옆 빈터에 서자, 일행은 환성을 지르며 자리에서 일어났다. 차창을 통해 벌써 굽잇길의 장관이 예고되고 있었다.

"자, 다들 내리세요! 칠십이 굽잇길이 저 아래 있습니다!"

매송이 소리쳤다.

"와아!"

버스에서 내린 사람들은 누가 먼저랄 것도 없이 일제히 탄성을 질렀다.

넓고 깊은 산비탈에… 수십 개의 층을 이루며 끝없이 돌고 도는 굽이진 산길, 하얀 횟가루를 뿌린 운동장의 곡주로 같은 고갯길, 녹색 기판에 깔린 전기 회로처럼 보이는 외길이 그들의 눈앞에 펼쳐져 있었다.

아니, 원근법에 충실한 사실주의 화가만이 그려 낼 수 있는 초대형 화폭, 자연과 사람이 함께 만든 위대한 조형 작품이, 바로 그들의 발 아래서 숨을 쉬고 있었다.

눈앞에서 멀어질수록 점점 가늘어지는 내리막길에서는, 벌레처럼 보이는 조그만 자동차들이, 햇빛을 반사하며 드문드문 나타났다가 사라지는, 숨바꼭질을 되풀이하고 있고….

'과연 보기 드문 장관이야!'

내리는 매송의 입에서 수없이 들었던 그간의 찬사가 결코 지나친 것이 아니란 생각을 했다. 하늘과 맞닿은 맞은편 산 아래에서나 멈출 것 같은 까마득한 산길이 일흔두 번이나 굽이져 하나로 이어졌다는 사실이, 그저 놀랍고 신기할 따름이었다.

"너무 멀리 가진 마세요! 버스는 세시 이십분에 출발하겠습니다!"

기쁨이 양 손을 입에 모아 큰 소리로 휴식 시간을 선언했다.

여자들은 눈에 띄지 않는 곳으로 가서 소변부터 봤다. 남자들도 몇 명은 그 틈에 적당한 장소를 찾아 제각기 일을 봤다. 마을 식당에도 화장실이 있었지만 이용하지 않은 사람이 더 많은 모양이었다. 그런 뒤에 사람들은 카메라를 꺼내 사진을 찍기 시작했다. 내리도 기사로 송고할 굽잇길 전경을 자리를 옮겨가며 몇 장 찍어 디지털 필름에 저장했다.

한국에서 온 승객들이 사진을 찍느라 부산을 떠는 동안에도, 중국인 두 기사는 버스 안에서 커다란 병에 든 녹차 물만 연신 들이킬 뿐, 굽잇길에는 별 다른 관심을 보이지 않았다.

내리는 기사 작성용 사진 촬영을 끝내고, 이번엔 기념 사진을 찍기 위해 주위를 둘러봤다. 먼저 눈에 띄는 사람들은, 산 아래를 내려다보며 함께 얘기를 나누고 있는 매송과 순례, 기쁨이고, 그 다음엔 조금 떨어져서 혼자 풀밭에 앉아 쉬고 있는 주승의 모습이 눈에 들어왔다. 다른 사람들은 모퉁이를 돌아갔는지 보이지가 않았다.

"우리 기념 사진 찍어요."

내리가 말하자, 기쁨이 먼저 반색을 하며 달려왔다.

"그래요, 언니!"

그래서 이들은 사진을 찍기 위해 자리를 조금 옮겼다.

"최 선생도 이리 와요!"

순례가 주승을 불렀다. 주승이 돌아보고는 앉은 자리에서 일어나는데, 그 아래쪽에서 누군지 큰 소리로 외친다.

"잠깐! 나도 있어요!"

벼랑 끝까지 다가가 다양한 각도로 산길을 비디오 카메라에 담고 있던 한솔이었다.

"안 보인다 했더니 거기 있었군요? 빨리 와서 함께 서요."

카메라를 가진 내리가 대꾸하고, 이내 다들 한 줄로 나란히 붙어 서는데, 길 위쪽에서도 말소리가 났다.

"나는 안 넣어 줄 거요?"

유 교수였다.

"아, 교수님!"

이번엔 기쁨이 먼저 대꾸하고, 그가 설 자리를 자기 옆에 만들었다. 한솔과 기쁨, 교수, 매송, 순례, 주승… 그렇게 여섯 명이 자세를 잡자, 내리가 카메라를 눈 앞으로 가져갔다.

"자, 김치이… 하세요. 하나아, 두울, 세엣!"

그 때였다. 어디선지 남자의 처절한 비명 소리가 나고, 카메라 렌즈를 바라보고 있던 사람들의 얼굴에서, 동시에 '김치이' 표정이 사라졌다.

"저 소린…?"

기쁨이 겨우 한 마디 입을 뗐지만, 다른 사람들은 아무 소리도 내질 않았다.

'사고다!'

입 속으로 이렇게 외친 매송이 맨 먼저 소리가 난 쪽을 향해 달려갔다. 다른 사람들도 뒤쫓았다.

그들이 있던 곳에서 조금 위쪽에 있는 산길 모퉁이, 거기서 다시 길옆으로 조금 내려가면 덤불이 나오고 가파른 벼랑이 시작된다.

그리로 허겁지겁 앞장 서 달려온 매송과 한솔이 벼랑 끝으로 조심스럽게 다가가 아래쪽을 내려다봤다. 벼랑 밑 길바닥에서 어색한 물체 하나가 보였다.

"사람 같아요!"

한솔의 입에서 나온 소리다. 과연 그랬다. 먼저 팔다리가 눈에 띄는 것이 땅에 반듯하게 누운 사람의 형상이 분명했다. 그런데 멀어서 그런지 얼굴은 확인이 안 되는 반면에 옷 차림새는 매우 낯이 익어 보였다.

"노 사장…?"

이번엔 매송의 입에서 나온 말이다. 이어 매송과 한솔의 눈이 서로 마주쳤다. 그것이 노기만 사장의 육신이란 것을 상대방의 눈빛으로 확인하려는 듯이.

뒤따라 온 여자들이 비명을 지르며 울음을 터뜨렸다. 주승도 와서 보고 얼굴을 찡그렸다. 버스 안에 있던 중국인 두 운전 기사도 달려왔다. 그리고 그들 모두, 위험한 곳에서 사진 찍기에 열중하다가 실수로 발을 헛딛고 벼랑 아래로 추락한 것이 분명한, 한 남자의 불행한 최후를 목격했다.

순간 방정맞게도 내리의 머릿속에선 문득 쩐쟝의 역술가가 한 말이 떠올랐다.

'당신들 속에서 살기가 느껴져. 필시 한 사람이 다른 한 사람을 죽이고 말 걸.'

그러나 내리는 이내 고개를 저었다.

'틀렸어! 이건 살인 사건이 아니야!'

주승이 먼저 길 쪽으로 냅다 뛰기 시작했다. 그 뒤를 한솔과 매송이 쫓아갔다. 세 사람은 왼쪽으로 난 내리막길로 달렸다. 벼랑을 타고 내려 갈 수만 있다면 금세 기만 곁으로 갈 수 있겠지만, 그것은 불가능했다.

길 옆에서 들꽃을 꺾으며 화창한 봄날을 즐기고 있던 금희와 길남 이, 허겁지겁 달려가는 이들을 물끄러미 쳐다봤다.

"사고가 났어요! 노 사장님이 벼랑에서 떨어지신 것 같아요!"

한솔이 뛰면서 외쳤다.

길남까지 포함해서 네 남자는 왼쪽 모퉁이를 돌고도 또 다시 한참을 더 달린 뒤에야 현장에 도착했다. 벼랑의 높이는 10미터 남짓밖에 안 되겠지만, 이들이 뛰어온 굽이진 산길은 윗길 아랫길 합쳐 거리가 2백 미터는 되는 것 같았다.

길 위에 누워 있는 기만의 몸뚱이는 꼼짝하지 않았다.

"노 사장님!"

한솔이 큰 소리로 몇 번 불러 봤지만, 기만한테선 반응이 없었다. 주 승이 그 앞으로 가까이 가서 쪼그려앉았다. 그러고는 먼저 기만의 머 리를 뒤로 약간 젖히고 손가락을 입 안에 넣어 본 뒤, 자신의 귀를 그의 코에 바싹 대고 호흡을 살폈다. 그 다음엔 그의 목에 자신의 손가락을 가만히 대어 맥박을 확인했다.

"숨과 맥박이 살아 있습니다."

주승의 입만 바라보고 있던 세 남자는 그제서야 안도의 한숨을 내쉬 었다.

"부목이 필요합니다. 뭐가 좀 없을까요?"

주승이 고개를 돌리며 다급하게 말했다.

"저기, 모래 상자가 있어요!"

한솔이 길 한쪽을 가리켰다. 겨울철 빙판에 대비해 모래를 쌓아 놓은 네모 반듯한 모래 상자가 보였다. 그리고 그 상자는 다행히도 널빤지 여러 장을 사방으로 두른 조잡한 것이었다.

그 때 버스가 도착했다. 나머지 사람들도 다 차에서 내렸다. 땅바닥에 누워 있는 사람이 기만임을 확인한 금희가 비틀거렸다. 곁에서 길남이 얼른 그의 팔을 붙잡았다. 순례가 까부라지는 금희를 부축해서, 다시 버스로 돌아갔다.

"서둘러야 해요. 어서요!"

주승이 소리쳤다. 한솔은 모래 상자 쪽으로 달려갔다. 중국인 기사가 버스에서 공구상자를 가져와 한솔을 돕고, 다른 기사는 좌석의 안전띠를 칼로 잘랐다. 내리와 기쁨은 짐칸을 열고 가방 속에 든 수건 몇 장을 꺼내 가져 왔다. 그러는 동안, 길남은 근처 배수로에서 기만이 갖고 있던 구식 카메라를 발견했고, 그것을 금희한테 갖다 주자, 금희는 기어코 울음을 터뜨렸다.

주승 또한, 여러 사람이 부목을 만들기 위해 애쓰는 동안, 환자의 눈꺼풀을 열어 눈동자를 들여다보고, 팔 다리를 만져 보는 등, 나름의 검진을 마저 끝냈다.

내리는 기만을 떨어뜨린 벼랑을 올려다봤다. 가파르긴 해도 비탈이 조금 져서, 떨어질 때는 한두 번쯤 비탈면에 부딪고 굴러서 길바닥까지 내려온 듯했다. 벼랑 중간에서 자라는 나뭇가지들이 부러지고, 흙덩이가 아래로 쓸려 내린 것을 보면 짐작이 갔다. 비탈이 조금만 더 급격했어도 정말 살아 남기는 불가능한 지형이란 생각이 들었다.

한솔이 모래 상자에서 떼어 낸 널빤지 한 장을 들고 달려왔다. 주승은 아기 손목만한 나뭇가지도 필요하다고 했다. 이런 것들이 다 모아지자, 주승은 부목을 만들기 시작했다. 먼저 적당한 크기로 자른 나뭇가지 두 개를 각기 수건으로 두껍게 감싼 뒤에, 그것을 기만의 머리 양옆에 대고 안전띠로 묶었다. 턱 밑에도 둥글게 말은 수건을 괴었다. 그런 다음에 널빤지를 환자의 몸 밑으로 집어 넣고, 온몸을 안전띠로 널빤지에 고정시켰다. 환자는 거친 호흡을 계속했으나, 혼수 상태에선 깨어나질 않았다.

급한 대로 응급처치를 모두 끝낸 중상자를 여럿이 달려들어 버스 안으로 옮겼다. 통로 바닥에는 이미 중국인 기사가, 자기네가 잠잘 때 덮으려고 가지고 다니는 모포들을 두껍게 깔아 놓았다. 환자를 그 위에 눕힌 뒤, 주승은 그의 머리맡에 앉아서, 머리가 움직이지 않도록, 두 손으로 수건에 싼 나뭇가지 부목을 움켜잡았다.

사람들이 다 올라타자, 버스는 이내 출발했다. 차 안에선 금희가 흐느끼는 소리만 들릴 뿐 정적이 흘렀다. 운전 기사는 최대한 속력을 냈다.

'한시라도 빨리 병원이 있는 곳까지 가야 하는데…!'

다들 그런 생각이었지만, 그 말을 입 밖으로 내는 이는 없었다. 무리하게 너무 빨리 가려고 하다간, 차 안에 있는 다른 사람들까지 위험하게 된다. 그리고 이런 험준한 산길에서 대형차가 속력을 낸다는 것도 한계가 있다. 지금도 길가 벼랑 아래는, 사고로 처박힌 자동차의 잔해들이 곳곳에서 을씨년스럽게 널브러져 있었다. 게다가 무슨 보수공사는 그리 많은지, 속력을 조금 낼라치면 서행을 해야 하고, 짜증이 날 일이 한두 가지가 아니었다.

통로에 앉아서 환자의 머리와 목을 보호하는 일은 몇 사람이 교대로 했다. 운전대는 한 번만 보조 기사한테 잠시 맡겼을 뿐, 원래의 기사가 계속 잡았다.

기쁨은, 차가 떠나자마자, 자신의 손전화기로 여러 군데에 도움을 청하는 전화를 걸었다. 그런데 돌아온 답변은 한결같았다. 가장 빠른 수단을 이용해서, 가장 가까운 병원으로 빨리 가라는 것이었다.

어쨌거나 서너 개의 산을 더 넘고, 소수민족이 사는 마을도 몇 군데를 통과한 뒤에, 버스는 어둠이 깔린 치장에 도착했다. 그리고 하나 뿐인 종합병원을 찾아서 차 머리를 들이민 시각은 오후 7시 20분, 주승은 손목시계를 들여다보며 재빨리 계산을 했다. 굽잇길 사고 현장을 떠난 때로부터 세 시간 오십 분이 흘렀다. 그렇다면, 사고 순간부터는 대략 네 시간 만에 병원에 닿은 것이다. 주승은 그래도 다행이라 생각하며, 응급실 현관문을 열었다.

응급실의 젊은 중국인 의사는 간단한 응급처치만 하고서 손을 놨다. 충칭에 있는 큰 병원으로 가야 한다는 뜻이었다. 주승은 응급실 안으로 들어설 때 이미 그런 형편을 알아차린 듯 고개를 끄덕였다.

"앰뷸런스는 내 드리겠어요."

중국인 의사가 영어로 말했고, 주승이 고맙다고 대답했다.

그래서, 허술한 부목을 떼고 병원용 목 보호대를 착용한 환자는 링거주사를 팔에 꽂은 채, 이 병원에 하나뿐인 구급차에 실렸다. 주승과 매송, 기쁨이 그 차에 탔다. 구급차가 막 떠나려는데 갑자기 금희가 차 앞을 가로막았다. 그래서 그도 그 차에 함께 탔다.

나머지 사람들은 구급차가 병원을 출발한 뒤에 다시 버스에 올랐고, 이제는 한결 가벼워진 마음으로 인근 호텔로 갔다.

다섯 사람은 객실 세 개를 얻어 들었다. 이 곳에선 가장 좋은 숙박업

소라는데, 오래 전 건물이라선지, 촌스러운 나무 침대가 삐걱거렸다.

다들 저녁 밥 생각이 없다고 했다. 그래서 내리는 버스에서 먹으려고 샀던 간식 가운데 남은 것들을 각 방에 나눠 줬다.

밤 10시쯤 내리는 기쁨한테 전화를 걸었다. 기쁨은, 구급차가 9시 조금 안 돼서 충청에 있는 인민의원이란 큰 병원에 잘 도착했다고만 말하고, 전화기를 매송한테 넘겼다. 그리고 매송은 전화에서, 환자는 지금 뇌출혈에 따른 머리뼈 절개 수술에 들어갔는데, 다른 손상 부위에 대한 처치는 빨라야 내일 오후에나 받게 될 것 같다고, 몹시 피곤한 목소리로 말했다.

17
(치쟝, 충칭) 알리바이

간밤에 환자는 최우선 처치를 요하는 머리 부위 수술을 끝냈다.

그리고 수술 내내 병원 복도에서 밤을 꼬박 새운 매송과 주승, 금희, 기쁨은 탈진 상태가 됐다.

"기쁨 씨, 충칭 여행사에 전화해서 우리 호텔을 이 근처로 바꿔 달라고 하지요."

매송의 말이 떨어지자, 기쁨은 손목시계를 흘낏 보고 나서 여행사로 전화를 했다. 다행히 여행 비수기라서 호텔 변경은 쉬웠다.

"충칭호텔로 바꿨어요. 여기선 걸어도 십 분이 채 안 걸릴 거리에 있어요."

기쁨이 말했다.

"잘됐어요. 그럼 세 분은 호텔로 가서 쉬세요. 여긴 내가 남아 있지요."

매송이 말했다. 그러자 조금 전까지도 졸고 있던 금희가 펄쩍 뛰었다.

"안 돼요. 전 그이와 함께 있어야 해요."

놀라운 변화였다. 전날 추락 사고가 있기 전까지는 기만보다 길남과 더 다정한 모습을 보였고, 서울로 돌아갈 때쯤이면 기만한텐 아예 본 척도 안 할 것 같던 금희가 말이다.

"일단 우리 다 호텔로 가지요. 식사도 해야 하고, 씻기도 해야 하지 않겠어요?"

주승이 말했다. 그제서야 금희는 자신의 몰골이 흉한 것을 알았고, 호텔로 가는 것에 동의했다.

기쁨이, 잠시 호텔에 다녀오겠다고 말하기 위해, 병원 사무실 문을 열었을 때, 직원이 먼저 알아보고 손을 쳐들었다. 직원 옆에는 제복을 입은 경찰관이 한 명 앉아 있었다.

병원 현관에서 기쁨이 돌아오기를 기다리던 세 사람은, 기쁨이 경찰관과 함께 걸어오자 의아해했다.

"공안 당국에서 사고 경위에 대해 몇 가지 조사를 하겠대요."

응급실의 경우, 교통, 폭행, 추락 같은 사고로 다쳐 들어온 중환자가 있을 때는 병원측은 공안 기관에 신고하도록 돼 있는 것 같다고, 기쁨이 말했다.

경찰관은 의례적인 몇 가지 사항을 물었고, 매송은, 환자 본인의 실수로 일어난 우발적인 사고라는 점을 강조하여, 사건의 경위를 설명했다. 중국 경찰관은 가지고 온 용지에 진술 내용을 기록한 뒤, 일행의 대표자 겸 보호자로서 매송의 서명을 받았다. 그러고는 환자의 여권과 매송의 여권을 복사해 달라고 했다.

충칭 제일인민의원 정문에서 충칭호텔까지는 칠 분이 걸렸다. 호텔에 도착하자마자 세 사람은 식당으로 향했고, 기쁨은 접수대에서 입실

절차를 밟았다. 손님은 네 분인데 왜 방이 다섯이나 필요하냐고 근무자가 물었고, 기쁨은, 나머지 사람들은 저녁 늦게나 도착할 것이라고 대답했다.

치쟝에서 내리는 오전 10시쯤 매송의 전화를 받았다. 매송은 환자의 상태를 간단히 전하고, 찾아올 호텔 이름과 주소를 가르쳐 줬다.

"그럼, 이 선생님, 아침을 먹는 대로 곧바로 그리 가겠어요. 저희도 아직 식전이거든요. 다들 늦잠을 주무시고 계셔서……."

"그럴 필요 없어요. 천천히 식사하고 나서, 오후에 치쟝에 있는 유적지를 둘러보도록 해요. 유 교수님이 한 번 다녀가신 적이 있으니까 안내를 잘 해 주실 거요."

그래서 치쟝에 있는 임시정부 유적지는 치쟝에 머물고 있는 사람들만 답사하기로 했다.

치쟝 호텔 객실에서 낮 2시쯤 밖으로 나온 반쪽 일행은, 호텔 앞마당에서 여행사 버스에 올랐다. 기사 두 명에 승객 다섯 명을 태운 여행사 버스가 출발하자, 그 마당에서 호텔 손님을 기다리고 있던 빈 택시 운전 기사가 어이가 없다는 표정을 지었다.

"그건 뭐야? 이 썰렁한 분위기에 어울릴 음악이라도 한 곡 틀어 달래려고?"

길남이, 카세트 테이프 하나를 손에 꺼내 들고 만지작거리고 있는 한솔한테 말을 걸었다. 한솔은 그것을 얼른 주머니에 도로 넣으며 픽 웃었다.

"그게 아니고요. 주운 건데, 멀쩡한 거면 나중에 영어 공부할 때 쓸까 해서요."

"이런 땐 신나는 뽕짝 접속곡으로 사람들 마음을 한번 휘저어 놓을 필요가 있는데 말야. 안 그래, 막내?"

금희가 곁에 없는 길남의 마음이 지금 그런 모양이었다.

이 날 답사 안내는, 수년 전 충칭에 왔다가 치쟝까지 다녀간 적이 있는 유 교수가 맡아 줬다. 그는 일행을 먼저, 도시를 관통해 양분하고 있는 기강(綦江河)의 중심 다리인 기강대교로 데려갔다. 이 다리는 인근 도시에서 이 작은 도시로 들어오는 길목에 있는데, 다리 아래로 흐르는 기강과 강변 경관을 가장 잘 볼 수 있는 곳에 놓여 있었다. 강 양쪽 언덕에는 아파트 같은 현대식 건물이 많이 들어서 있고, 강물 위에는 거룻배도 몇 척 한가로이 떠 있었다.

일행이 탄 버스는 다리를 건너지 않고 도심 쪽 강변로를 따라 달렸다. 강변로는 이내 성남로(城南路) 큰길과 합류했고, 그 길을 따라 달리던 버스는 또 하나의 다리 타만대교(沱湾大橋)를 눈앞에 두고 길가에서 멈췄다.

차에서 내린 일행은 교수를 따라 강가에 있는 한 주택지로 걸어 내려갔다. 이윽고 교수는 낡고 우중충한 주택들 사이에서 유독 눈에 띄는 한 건물 앞으로 일행을 안내했다. 근래에 지은 듯 보이는 시멘트 벽돌집은, 전면에서 보면 위층에 커다란 창문 여섯 개가 달린 2층집이지만 측면에서 보면 단층으로 보이는, 특이한 구조를 하고 있었다. 그리고 한쪽 면에는 낡은 이웃집의 일부분이 맞닿아 있었다.

"이 곳이 임강가(臨江街) 43호…, 1939년 5월 초부터 한 해 반 동안 임시정부 청사와 가족 없는 요인들의 숙소가 있었던 곳이오. 그때는 계단식 3층 목조 주택이었다는데, 지금은 보다시피 일부만 남아 있고 대부분은 헐렸어요. 나도 십수 년 전에 이 곳을 방문했던 어느 지사한테서 들은 것이지만······."*

교수는 간단히 설명하고 혼자서 버스가 있는 쪽으로 걸어갔다. 아직도 전날의 피로가 덜 풀린 모양이었다. 남은 네 명은 별 의미 없는 건물 대신 집 앞쪽에 있는 강가로 가서 주변 지형을 살폈다. 왼쪽으로는 산이 아주 가까이 있고, 그 자락에선 물길이 심하게 굽이져 흐르고 있었다.

그 시절 대가족의 다른 식구들은 대부분이 타만 지역에 있는 상승가에 거주했었다. 그래서 일행을 태운 버스는 바로 인근에 있는 그 동네로 이동했다. 상승가 주택가 역시 새 집이 많이 들어선 탓에, 대가족이 머물던 집들은 대부분 흔적도 없이 사라지고 없었다.

버스가 더 갈 수가 없어 차에서 내린 일행은 좁은 골목길을 걸어서 올라가다가, 대문에 '上升家居民委員會'(상승가거민위원회)란 간판이 붙어 있는, 2층 미음자집 앞에서 걸음을 멈췄다.

"다행히 이 집은 아직 건재하구먼!"

교수가 한숨 섞인 소리로 한 마디 하고는, 먼저 열려 있는 대문 안으로 들어섰다.

현재 주소, 고남진 상승가 107호. 지청천 장군이 이끄는 조선혁명당 본부가 있었고, 지사 몇 가족이 머물렀던 집이라고, 안마당에서 교수가 설명했다. 지금도 낡은 흙벽돌 집에는 마을 주민 몇 가구가 옹색하게 살고 있었다.

일행이 마지막으로 찾은 곳은 시내 중심지인 중산로에 있는 중산로소학교(中山路小學)였다. 옛날엔 영산여관(瀛山賓館)이 있던 자리인

---

* 임시정부 대가족의 일원이었던, 박영준(광복군 구대장) 지사와 김자동의 증언. 현재 주소는 충칭시 치쟝현 고남진 타만 (重慶市 綦江縣 古南鎭 沱灣) 8호, 작은 아파트가 들어서 있다.

데, 지금은 학교가 들어서 있었다.

중일전쟁 초기부터 중국 정부는, 광복진선과 민족전선으로 분열돼 있는 한국의 독립운동계에 두 진영의 통일을 종용했다. 그래서 1939년 5월에 나온 것이 '좌우합작성명서', 김구와 김원봉이 공동 서명했다. 그리고 3개월 뒤, 영산여관에서 두 진영의 일곱 단체가 모여 7당회의를 열었다. 그런데 연맹 형식을 지지하는 민족전선계의 두 당이 회의에 불참했다. 김구는 나머지 다섯 당만이라도 통일을 성사시키려고 했지만 여의치 않았고, 결국 좌우 7당 통일 노력은 실패로 끝났다.

그러나 이듬해 5월, 광복진선의 세 당인, 한국국민당, 한국독립당, 조선혁명당은 한국독립당의 이름으로 통합한 뒤, 김구를 중앙집행위원장으로 뽑았다.

저녁 식사를 일찍 하고, 다섯 사람은 충칭을 향해 치장을 출발했다. 그리고 한 시간 남짓 걸려, 이들을 태운 여행사 버스는 인민의원에 닿았다.

병원 앞마당에서 버스를 기다리고 있던 네 사람은, 치장에서 온 사람들을 중환자실로 데리고 갔다. 담당 직원의 특별한 배려로 그들은 병상에 누운 기만의 얼굴을 잠시나마 볼 수가 있었다. 환자는 수술과 여러 가지 검사로 힘든 시간을 보낸 탓인지, 하루 사이에 더욱 핼쑥했고, 의식은 여전히 혼미한 상태에 있었다.

병실에서 나온 유 교수가 환자의 상태에 대해 주승에게 물었다. 주승이 간단히 설명했다.

"외상성 뇌지주막하 출혈이 있었는데, 그것에 대한 수술은 지난 밤에 끝났습니다. 그리고 오늘은 종일 여러 가지 검사만 했습니다. 등뼈

에 있는 파편을 제거하는 척추 수술과 탈구된 고관절을 맞추는 수술이
더 남아 있는데, 그것은 내일 할 것 같습니다."

교수는 그 이상 묻지 않았다.

"그럼 위기는 넘겼단 말씀이군요?"

순례가 물었다.

"네. 뇌좌상을 비롯해 갈비뼈 골절, 근육 파열 등, 그 밖에 몇 군데
더 외상이 있긴 하지만, 생명에는 지장이 없는 듯합니다. 참, 제가 가장
우려했던 목뼈 손상은 아래쪽 뼈마디 두 개가 부러졌는데, 다행히 신
경까진 다치지 않아서, 수술이 필요 없게 됐습니다."

매송이 주승의 말에 덧붙였다.

"초기 응급처치가 잘 돼서죠. 닥터 최가 노 사장의 목숨을 구한 겁
니다."

주승이 얼굴을 조금 붉혔다.

"무슨 말씀을요. 여러분이 적절하게 잘 협력해 주신 덕분이죠."

환자는 중환자실에 있어서 보호자는 필요 없었다. 그래서 다들 호텔
로 갔다.

충칭호텔에서 첫 밤을 보낸 일행은, 아침 식사를 하고 나서, 다 함께
병원으로 갔다. 아침 일찍이 먼저 와 있던 매송과 주승이 사람들을 맞
았다. 환자는 이미 수술실로 들어가서 볼 수가 없었다.

"오늘 수술도 시간이 좀 걸릴 겁니다. 그러니 다른 분들은 이 선생님
을 따라서 원래의 예정대로 충칭 시 안에 있는 유적지를 답사하시는
게 좋겠습니다. 여기는 저 혼자 있어도 되니까요."

주승이 말했다. 그러자 금희가 자기도 남겠다고 했다. 매송이 말렸다.

"황 여사 님은 저희와 함께 가시죠. 여긴 최 선생이 혼자 계셔도 충분해요. 그리고 낮에 서울서 강 사장이 도착할 거라서, 오늘 답사는 일찍 끝낼 생각입니다."

그래서 주승을 뺀 나머지 사람들은 병원을 나왔다. 버스에 오르려는 순간, 이번엔 교수가 주춤하며, 매송의 옷소매를 잡았다.

"이 선생!"

이미 몇 차례 충칭을 여행한 적이 있는 교수는, 더 볼 것이 없다면서, 호텔로 돌아가기를 원했다. 그래서 남은 일곱 명만 버스를 탔다.

중국 서부 지역을 대표하는 산악 도시. 장강과 가릉강 사이의 반도형 언덕 지대에 자리잡고 있는 고도. 수로를 중심으로 발달한 교통과 교역의 중심지. 산수가 아름답고 계단이 많은 반면에 자전거가 없는 곳으로 유명한 관광지. 특히 인구가 세계에서 가장 많은, 3천만 명의 주민을 품고 있는 거대 도시 충칭(重慶)은, 쓰촨성(四川省)에 속해 있다가 1997년 직할시가 되었다. 중일전쟁 기간엔 중국 국민당정부의 수도였고, 1940년 9월부터 1945년 11월까지는 대한민국 임시정부가 마지막으로 체류했던 망명지다.

기만과 주승이 빠진 답사단은 맨 먼저 가릉강(嘉陵江) 가에 있는 마을, 가릉신촌(嘉陵新村)으로 향했다. 임시정부는 치쟝에서 충칭으로 청사를 옮기며 곧바로 그간의 숙원 사업이었던 광복군을 창설했는데, 그때 기념식을 했던 자리를 보기 위해서였다.

마을로 들어선 버스는, 완만한 언덕길 가에 자리한 두 동의 5층 아파트 앞에서 멈췄다. 현재 주소는 유중구(渝中區) 가릉신로 18-1호와 18-2호다. 그때는 그 자리에 가릉여관(嘉陵賓館)이 있었고, 거기서

88

1940년 9월 17일 광복군 성립 전례식이 거행됐다.

그 날 식장에선 광복군 창설위원회 김구 위원장이 개회사를 했고, 중국측 인사들이 참석해서 축사를 했다. 그리고 두 달 뒤 한국광복군(총사령 지청천)은 전선에 좀더 가까운 시안(西安)으로 사령부를 옮겼다가, 1942년 9월, 다시 충칭으로 돌아왔다.

일행이 다음으로 찾아 간 곳은 해방비(解放碑)상업구로 알려진 시의 중심지였다. 현재 주소 유중구 추용로(鄒容路) 37호 자리엔, '味苑'(미원)이란 빛 바랜 간판을 단 2층의 낡은 목조 건물이 한 채 서 있었다. 한때는 유명한 식당이었는데, 지금은 폐업을 한 상태로 헐릴 때만을 기다리고 있는 형편이었다.

"이 집이 시안에서 철수한 광복군 총사령부가 입주했던 곳입니다. 그런데 이 건물은 그때 우리 사령부가 돈을 주고 사 들인 것인데, 일본의 갑작스런 패망에 따라 경황없이 환국하다 보니, 지금은 남의 소유가 돼 버렸습니다. 반 세기 가까이 우리 나라와 공산 중국 사이에 국교가 끊겨 있던 탓에, 우리가 소유권을 주장할 기회를 잃은 것이지요."

매송은 매우 안타깝다는 투로 말했다.

"그렇다고 그냥 포기해요? 서울 정동에 있는 러시아 공관도 여기와 비슷한 경우인데, 우리는 러시아와 다시 수교하면서 군말 없이 그 터를 되돌려 줬지 않습니까? 비록 근처에 있는 다른 땅을 대신 주기는 했지만요."

한솔이 불만에 찬 목소리로 말했다.

충칭에는 한국 음식 전문 식당이 두어 곳 있었다. 그 중 한 곳에서 일행은 오랜만에 서울 음식을 먹었다. 금희는 곁에서 길남이 집어 주는 불고기를 전처럼 맛있게 먹지를 않았다. 식사를 마친 일행은 이 날 마지막 답사 예정지인 오사야항 임시정부 청사 유적지로 향했다.

화평로 큰길 가에 버스를 세우고, 일행은 차에서 내려 골목시장 안으로 걸어 들어갔다. 노점의 좌판에 위생 시설 하나 없이 쌓여 있는 시뻘건 육류에 여자들이 질색을 했다.

유중구 화평로(和平路) 2항(巷) 6호, 옛 주소 오사야항(吳師爺巷) 1호 자리에는, 반 지하 2층 목조 가옥이 한 채 서 있었다.

임시정부가 충칭에서 세 번째로 마련한 청사가 바로 이 집이다. 첫 번째 청사와 두 번째 청사는 양류가(楊柳街)와 석판가(石版街)에 각각 있었는데, 일본기의 폭격으로 둘 다 불에 타 없어졌고, 지금은 그 자리마저 가늠하기가 어렵다.

덧대고 입힌 부분이 많아 언제 철거될지 알 수 없는 낡은 누더기 집 앞엔 '大韓民國臨時政府 舊址'(대한민국 임시정부 옛터)라는 글자를 새겨 넣은 조그만 푯돌이 박혀 있었다.

매송은 이 곳 청사에서 이뤄진 임시정부의 중요한 활동과 위업을 일행에게 비교적 소상히 설명했다.

"1940년 10월, 임시정부는 여기서 네 번째 개헌을 합니다. 비상시국에 맞게 집단지도체제를 주석중심체제로 바꿔, 김구 주석의 영도력을 제도적으로 뒷받침하는 게 주된 내용이었지요."

그 밖에, 1941년 11월에는 이 곳에서 대한민국 건국강령을 발표했고, 다음 달 12월 9일에는, 하루 전날에 있었던 일본 비행기들의 하와이 진주만 기습 공격에 대응해서, 대한민국의 이름으로 일본에 선전포고를 했다.

한국독립운동계가 좌우합작을 통해 통일의회를 구성한 것은 그때로부터 다시 열 달 뒤의 일이었다. 민족혁명당의 좌파 인사들이 의정원 의원에 뽑힌 것이다.

1943년 11월에는, 미국, 영국, 중국 세 나라 국가 영수들이 이집트 카이로에 모여, 한민족의 독립을 국제적으로 보장하는 선언서에 서명했다.

1944년 4월 22일, 마침내 한민족 독립운동 역사상 가장 뜻깊은 일이 오사야항 청사에서 이뤄진다. 대한민국 임시헌장이 개정돼, 망명 세력 전체가 참여하는 임시정부를 구성하게 된 것이다.

제36차 의정원회의에서, 비상시국에 따라 연립정부의 형태를 갖추고, 주석의 권한을 더욱 확대하는 내용으로, 임시헌법을 개정했다. 이로써 한국의 임시정부는 오랜 숙원이었던 명실상부한 통일정부를 이뤄, 대내외에 위상을 높이게 됐고, 일제의 패망으로 환국할 때까지 이 정부를 유지했다.

국무위원과 각 부서장은 한국독립당을 비롯해, 조선민족혁명당, 조선민족해방동맹, 조선무정부주의자총연맹의 당원 가운데서 고루 뽑았다. 그때의 각원은 다음과 같다. 주석 김구, 부주석 김규식. 국무위원 이시영, 조성환, 조완구, 차리석, 황학수, 박찬익, 조소앙, 김붕준, 김원봉, 장건상, 성주식, 유림, 김성숙, 조경한, 엄항섭, 최동오, 유동열, 신익희, 김상덕.

그리고 그 해 9월 말, 임시정부는 연화지 청사로 옮겨갔다.

세월의 때가 너무 두텁고 무거워, 얼핏 보면 사람이 살지 않는 폐가를 연상케 하는 노사야항 임시정부 청사 건물엔, 가난한 주민들이 살고 있었다. 집주인의 승낙을 얻어, 일행은 반 지하 계단을 딛고 집 안으로 들어갔다. 초라하고 옹색하기 짝이 없는 거주민의 살림살이가 여기저기서 눈에 띄었다. 우리 나라 50년대 시골집 세간도 그보단 나을 성싶었다. 그렇다면 육십여 년 전, 가족이 없이 홀몸으로 이 곳에서 구차한 망명 생활을 했던 독신 지사들의 형편은 어떠했을까. 내리는 갑자기 가슴이 답답해지며 목구멍이 메어 왔다. 보지 않았어도 그분들이 살았던 모습이 눈에 선하고 짐작이 갔다. 맨바닥에선 어르신들의 체취가 아직도 배어 나오는 듯했다.

그 때 일행 가운데 한 사람이 방문 앞에서 갑자기 털썩 주저앉았다.

"김 여사님!"

누군지 소리쳤다. 다들 놀라 돌아보는데, 순례였다. 처음엔 노부인이 피로가 쌓여 그런가 보다 하는 얼굴들이었는데, 그가 흐느껴 울고 있다는 것을 안 순간부터는 다들 적잖이 충격과 의문 속에 빠졌다. 여인의 낮은 울음소리는 뱃속 깊은 곳에서 우러나오고 있었다. 아무도 그런 순례를 달래거나 제지할 수가 없었다. 그럴 분위기가 전혀 아니었다.

한참 만에 겨우 진정한 순례의 입에서 뜻밖의 말이 나왔다.

"제 외조부님도 이 집에서……!"

영문을 모르는 사람들은 어리둥절해할 뿐 할 말을 못 찾는데, 매송이 힘겹게 입을 열었다.

"…그러시다면 김 여사님의 외할아버님이 임시정부의 국무위원, 바로 독신의 지사님들 가운데 한 분이시란 말입니까?"

순례가 고개를 끄덕였다.

'아, 그래서…!'

내리도 그제서야 알 수 있었다. 한때나마 순례가 금희를 왜 싫어했는지, 그 동안 거쳐 온 임시정부 청사 유적지들에서 김 여사가 보였던 조금 남다른 행동이 어떤 사연 때문이었는지, 다 그런 가족사에서 비롯한 것임을, 내리는 깨달았다.

버스를 타고 호텔로 돌아오는 도중에, 순례한테서 내리는 더욱 기막힌 얘기를 들었다.

"삼십 년을 남편과 떨어져서 어린 자식들과 함께 온갖 고초를 겪으며 사셨던 외할머니께서 외할아버지가 환국하시기 한 해 전에 돌아가셨어요. 그러니 그분들의 원통함을 어찌 다 말로 표현할 수가 있겠수…!"

내리는 바르르 떨리는 순례의 손을 가만히 잡아 드렸다.

호텔에 도착하자, 접수대 근무자가 기쁨한테 말했다. 조금 전에 일행 한 명이 와서 방으로 올라갔다고.

"강 사장인가?"

뒤따라 온 매송이 말했다.

"그런가 봐요!"

곁에 있던 내리가 반가움에 목소리를 높였다.

그런데 방에서 나온 사람은 주승이었다.

"강 사장이 두시쯤 병원에 왔습니다. 그래서…….”

매송과 내리, 기쁨은 병원으로 달려갔다. 민규는 원무과 사무실에 있었다.

"강 사장!"

"이 선생님!"

매송과 민규는 서로 두 손을 잡았다.

"내리… 그리고 기쁨 씨도…, 다들 고생 많으셨지요?"

내리는 또다시 눈물샘이 시큰거렸다.

"환자는 척추 수술과 고관절 수술을 끝내고 지금은 회복실에 계십니다."

민규가 말했다.

"면목이 없소, 강 사장."

매송이 고개를 떨궜다.

"그런 말씀 마세요. 책임이 있다면 저한테 있죠. 죄송합니다."

저녁 식사는 호텔에서 다들 강 사장과 함께 했다. 환자는 중환자실에 있기 때문에, 이 날도 보호자가 병원에 대기할 필요는 없게 됐다.

오랜만에 민규, 매송, 내리, 기쁨이 여자들 방에서 함께 회의를 했다. 내리는 그 동안 있었던 일들을, 아직 민규한테 말하지 않았던 것들까지도, 모두 털어 놨다. 민규는 말없이 듣기만 했다.

"참, 강 사장, 요즘 독도를 넘보는 일본의 우익들 때문에 나라 안이 떠들썩한 모양인데…?"

내리의 보고가 끝나자, 매송이 입을 열었다.

"정말…! 여기 신문과 방송에도 보도가 됐어요. 걱정이에요."

기쁨도 관심을 나타냈다.

민규는, 일본의 한 지방 정부가 지난 달에 제멋대로 독도의 날이란 것을 제정하는 바람에 불이 붙은 사안이라며, 이렇게 말을 맺었다.

"결과적으론 잘 됐어요. 정부도 지금까지 미적지근하게 대처하던 태도를 버리고, 강경하고 확고한 방침을 세웠거든요. 그래서 전엔 관할 경찰 총수도 마음대로 갈 수 없었던 독도를 지금은 대한민국 국민이면 누구나 갈 수 있게 됐지요."

"참으로 다행한 일이오. 돌아가는 대로 나도 한번 가 볼까 해요. 이 참에 우리는 일본 우익들의 못된 버르장머리를 단단히 고쳐 놔야 합니다."

좀처럼 흥분하는 일이 없는 매송이 이 순간엔 주먹을 쥐고 있었다.

이 날부터는 매송과 민규가 다시 한 방을 쓰기로 했다. 매송은 가방을 가져오기 위해 교수가 혼자 있는 방으로 들어갔다. 교수는 마침 일본 방송을 텔레비전으로 보고 있었다.

"아직 안 주무시고 계셨군요?"

"낮에도 잤는데 뭘……."

"강 사장 방으로 옮기려고요."

"그냥 계셔도 되는데……. 그건 그렇고 노 사장은 차도가 좀 있는 거요?"

"네. 의식은 마취에서 회복이 되면 돌아올 거라지만, 머리를 많이 다쳤기 때문에 정상적인 사고를 할 수 있을지, 아직은 장담할 수 없다고 합니다."

"어쨌거나 그만한 게… 다행이오."

교수가 혀를 차며 말했다.

"그렇습니다."

매송이 다 챙긴 가방을 일으켜 세우며 대꾸했다.

"참, 이시하라가 타계했다는군요."

교수가 불쑥 말했다.

"이시하라가요? 그, 일본의 극우파 정치인 말이죠?"

매송의 눈이 갑자기 커졌다.

"그렇소. 아흔 살 생일 잔치를 했다는 얘기를 들은 지가 몇 달 안 됐는데…, 조금 전에 뉴스에 나왔소."

"늘 한국인의 자존심을 상하게 하는 발언만을 일삼더니, 이제 현해탄이 조금은 조용해지겠군요."

"그렇게만 생각할 것도 아니오. 그 사람의 역사관이 우리들하고 다소 맞지 않는 부분이 있기는 하지만, 내가 보기에 그 사람은 우리 민족을 제대로 이해하는 일본인이었어요. 그러니까 지한파라고 하면 몰라도 혐한파라고 칭할 수는 없단 말이지요. 몇 해 전에 출간한 그의 자서전을 보면 알 수 있어요."

이시하라 쓰치다 (石原土田), 91세로 사망. 황군 장교로서 중일전쟁에 참여했고, 전후에는 최다선의 국회의원으로 일본 정계의 중심 인물이었다. 죽기 전까지, 독도를 되찾자는 우익 단체의 고문으로 있었고, 난징 학살 사건이나 정신대 운영 등의 사실을 외면한 일본역사교과서를 제작해 보급하는 단체의 명예회장을 지낸, 일본의 대표적 극우파 정치인이다.

매송은 다시 자신의 주먹이 쥐어지는 것을 느꼈다. 그러나 이내 마음을 돌렸다. 기만 일로도 너무 피곤하고 골치 아픈 터에, 일본인 문제로 교수하고 얼굴 붉힐 토론을 하고 싶지가 않았다. 그래서 대충 얘기를 접고, 그 방에서 나왔다.

그 날 밤, 매송과 민규는 침대에 누운 채 많은 얘기를 나눴다. 고구려 유적지 대학생 시위 사건과 임시정부 유적지 답사 노정에 관해서도 얘기를 주고받았다. 그러다가 민규가 뜬금없이 불쑥 물었다.

"이 선생님, 노 사장 사고는 자신의 실수가 분명하지요?"

정신이 번쩍 든 매송이 고개를 돌려 민규를 쳐다봤다.

"그게 무슨 말이오? 자신의 실수가… 아니라면…?"

"아, 저… 제 말씀은 그냥……."

"누가 고의로 뒤에서 밀었을지도 모른다는 얘기 아니오?"

"네, 실은 아까 내리 씨한테서 젼쟝의 역술가 얘기를 들어서 그런지, 그런 쓸데없는 생각도 하게 되는군요."

그러면서 민규는 자기가 한 말이지만 너무 억지스럽다는 듯 입가에 웃음을 흘렸다. 매송이 잠시 뜸을 들였다가 입을 열었다.

"사실은 나도 그런 경우를 가정해 보지 않은 것은 아니라오. 하지만 우리 일행 속에 그럴 만큼 서로 원수진 사람도 없을뿐더러, 나머지 아홉 사람 모두 알리바이가 성립하니, 그런 가정은 전혀 의미가 없어요."

"잘 압니다. 저도 그렇게 믿고 있어요, 이 선생님."

그러나 매송의 마음은 편치가 않았다. 일행 가운데 미심쩍은 사람이 전혀 없는 것도 아니기 때문이었다.

그 밤, 민규는 민규대로, 매송은 매송대로 저마다 머릿속에서 수많은 불나방을 잡았다가 놓아 주기를 되풀이하느라, 두 사람 다 거의 잠을 이루지 못했다.

18
(충청) 경찰의 힘

병상에 누운 기만은 두 눈을 멀뚱히 뜬 채 사람들을 쳐다봤다.

"사장님! 노기만 사장님!, 저를 알아보시겠습니까?"

매송이 기만의 이름을 큰 소리로 부르며 눈을 맞춰 보려고 애를 썼지만, 환자의 반응은 신통치가 않았다. 금희도 그의 손을 꼭 잡고 이것저것 말을 붙여 봤지만, 마찬가지였다.

"환자가 우릴 못 알아보는 거 아닌가요?"

순례가 애를 태우며 물었다.

"그럴 수도 있고 아닐 수도 있습니다."

주승이 분명찮게 대답했다.

"그럴 수도 있다니요? 그럼 기억력에 이상이라도 왔단 말이오?"

교수가 물었다.

"기억 상실도 가능합니다. 사고 순간은 물론이고, 비교적 최근의 일을 모두 잊어버릴 수가 있다는 말씀이지요. 뇌손상에 의해 생긴 기억 상실의 경우엔 그렇습니다."

"이럴 수가!"

교수가 충격을 받은 듯 혀를 차며 한 발 뒤로 물러섰다. 이번엔 길남이 물었다.

"닥터 최, 솔직히 말해 봐요. 환자의 상태가 어떤 건지…? 생명엔 이상이 없다고 했지만, 이러다가 잘못되면 식물인간이 되시는 게 아니오?"

길남의 말에 금희가 놀란 듯 고개를 번쩍 쳐들었다. 민규가 황급히 끼어들었다.

"백 선생님도 참…! 척추신경을 다친 것도 아니고, 기억 일부를 상실한다고 해서 식물인간이 되는 것은 아닙니다. 노 사장님은 곧 완쾌되실 겁니다."

금희의 얼굴에 안도감이 스쳤고, 머쓱해진 길남은 금희의 눈길을 피했다. 매송이 밖으로 나가자고 했다. 그래서 금희만 남고 다른 사람들은 복도로 나왔다.

병원 휴게실에서 주승이 일행에게 말했다.

"현재 제가 확실히 말씀 드릴 수 있는 것은, 노 사장님께선 목숨을 구하셨다는 것과 식물인간이 되시진 않을 거란 겁니다. 문제는 뇌출혈과 심한 뇌진탕이 가져 오는 후유증에 있습니다. 오른쪽 팔다리에 나타난 마비 증세도 그것 때문인데, 그 밖에도 기억 상실과 언어 장애, 시각 장애 같은 것이 나타날 수 있습니다. 그러나 의식이 빨리 되돌아온 것을 보면, 예후는 그리 나빠 보이지 않습니다. 목뼈 골절상은 보조기를 쓰고 약물 치료를 하면 차츰 안정이 될 거고요."

"기억 상실은 회복이 되는 거겠지요?"

민규가 물었다.

"노 사장님한테 그런 증세가 이미 와 있다는 뜻은 아닙니다. 다만 예후가 그렇다는 것인데……. 어쨌거나 기억 상실이 와도 그것이 얼마나 심각한 것일지 또 얼마나 오래 갈는지에 관해선, 지금은 아무도 알 수가 없습니다."

주승이 대답했다. 그러자 교수가 입을 열었다.

"설사 기억의 일부분이 상실된다고 해도 뭐 그게 그리 대수겠소? 환자는 치료를 받고 있고, 상태도 좋아지고 있어요. 자, 그러니 이제 우리는 우리 본래의 자리로 돌아갑시다. 답사도 예정대로 해 나가고요. 안 그렇소, 강 사장?"

교수는 조금 경쾌한 목소리로, 동행자의 불운에 넋을 잃고 며칠 동안 내내 침울해 있는 사람들의 기운을 북돋우려고, 짐짓 애를 썼다.

'역시 나이가 드신 분은 다르구나!'

내리가 생각하는데, 민규도 교수님 말씀이 옳다고 말했다. 그래서 사람들은 민규와 금희만을 보호자로 환자 곁에 남기고, 병원 밖으로 나와 여행사 버스에 올랐다.

장강과 가룽강이 합류하는, 충칭 시 동쪽 끝에 자리한 조천문(朝天門)은 병원에서 가까웠다. 주차장에 버스를 세워 놓고, 일행은 차 밖으로 나와, 도시의 공원 구실을 하는 광장을 걸었다. 날씨가 좋아선지, 아침인데도 벌써 광장에는 관광객이 꽤 많이 나와 있었다.

광장 끝엔 비탈이 져서 난간을 설치해 놓았는데, 거기서 내려다보는 두 강줄기의 풍경은 근사했다. 오른쪽으로 보이는 장강에는, 삼협으로 가는 배들의 출발 지점이라서, 대형 여객선이 여러 척 떠 있고, 그 밖에도 유람선과 정크선, 바지선, 소형 선박 들이 양쪽 강에서 바삐 움직이고 있었다. 특히 선착장을 오가는 사람들이 이루는 긴 행렬은 대도시의 활기를 느끼게 했다.

오늘따라 유난히 기분이 좋은 교수가 입을 열었다.

"이 조천문 부두도 우리 독립운동과는 뗄 수 없는 관계가 있답니다. 중일전쟁이 터지고 우한에 집결했던 좌파계 인사들은, 돛을 단 조그만 목선 네 척에 나눠 타고 장강을 거슬러 올라와서, 이 곳으로 들어왔지요. 그때가 1938년 3월이니까, 날씨도 오늘과 비슷했을 것이고, 주변 경관도 지금과 비슷했을 겁니다. 여기는 옛 모습이 비교적 많이 남아 있는 곳이니까요."

한솔은 기만의 추락 사고가 난 뒤부터 사용하지 않았던 비디오 카메라를 다시 꺼내, 두 강과 광장 주변을 열심히 촬영했다. 선착장에서 광장까지 올라오는 길이 가파르고 거리 또한 멀다 보니, 짐꾼들이 많았다. 그런데 이들은 손수레나 지게 같은 게 없이도 길다란 대나무 봉 하나로 웬만한 짐은 다 나르고 있었다. 한솔은 그런 장면도 카메라에 담았다.

일행은 다시 버스를 타고, 임시정부가 망명지 중국에서 마지막으로 머물렀던 연화지 청사로 향했다. 임강로(臨江路)를 지나 중산로(中山路) 쪽으로 좀 더 달리자, 버스는 이내 칠성강(七星崗) 지구로 들어섰다.

현재 주소는 유중구 연화지(蓮花池) 38호. 1944년 9월 말, 중국정부가 임시정부 보조금을 매달 백만 원으로 올려 지급함에 따라 입주할 수 있었다. 임시정부는 일제 패망으로 환국할 때까지 1년 2개월 동안 이 곳에서 머물렀다.

버스에서 내린 일행은 '대한민국 림시정부'란 한글이 큼직하게 적혀 있는 대문을 열고 안으로 들어갔다. 전면으로 계단식 3층 건물과 양

옆으로 두 동의 2층 건물이 있었다.

유적지 답사단은, 상하이 마당로 청사보다 훨씬 규모가 크고 겉모습 또한 번듯하고 당당한 연화지 청사에서, 비로소 웃음을 찾았다. 그래도 한 나라의 망명정부가 썼던 건물이라면 적어도 이 정도는 돼야 할 것 같았다. 한국과 중국이 수교되지 않았으면, 도시개발 계획에 따라 일찍이 철거됐을 낡은 건물들이, 그간 두 차례의 복원 공사를 거쳐, 현재는 어느 정도 원형에 가까운 청사로 다시 태어나 있었다.

청사에는 국무위원회의실, 주석판공실, 직원사무실 들을 재현해 놓았고, 임시정부와 광복군 관련 자료들을 모아 놓은 전시실이 따로 있었다. 이 곳에서 순례는 처음으로 밝은 표정을 짓고, 내리한테 사진 한 장 찍어주기를 부탁했다.

1941년 12월 일본이 미국의 태평양 해군기지였던 하와이 진주만을 기습 공격함으로써 독일과 이탈리아가 일본을 뒤따라 미국에 선전포고했고, 이에 맞서 세계 스물여섯 나라는 연합국을 형성했다. 바야흐로 태평양전쟁이 시작된 것이다.

그 동안 눈에 가시 같은 존재였던 미국의 태평양 함대를 일거에 반신불수로 만든 일본은, 이제 마음놓고 태평양의 남서부 일대를 파죽지세로 공략했다. 일본이 내세운 대동아 신질서 건설이 막 실현될 것 같은 형세였다.

그러나 태평양 전선을 휘젓던 일본 해군은, 개전 7개월 만에 미드웨이 해역에서 처음으로 패배해 기동함대의 주력을 상실하면서, 태평양의 전략적 주도권은 다시 미국으로 넘어갔다.

연합군의 핵심인 미군의 승승장구 소식은 한국의 임시정부를 한껏

고무했다. 임시정부는 지체없이 국제사회에 한국의 임시정부를 승인해 줄 것을 요청했다. 중국측 인사들 가운데서도 이에 동조하는 이들이 나오자, 마침내 장쩨스는 미국 루스벨트에게 한국 임시정부의 승인을 희망했다. 그러나 미국정부는 외면했다.

한국의 국내 사정은 국제 정세와는 전혀 딴판이었다. 전격적으로 학병제를 실시한 일제 군부는, 1944년 1월, 수천 명의 한국 대학생들을 전선으로 끌고 갔다.

그 해 2월 쟝쑤성의 쉬쩌우(徐州)에 일본 육군 이등병의 군복을 입은 한국인 학병들이 도착해, 그 지역에 있는 일본군 부대들에 배속됐다. 그리고 한 달 뒤부터 이들 중 상당수가 제각기 부대를 탈출해 안후이성(安徽省) 린첸(臨泉)에 있는 광복군 초모부대로 모여 들었고, 거기서 조국과 민족에 대한 교육을 받은 뒤, 광복군에 편입됐다.

그들 가운데서 여덟 명은 현지 부대에 남고, 나머지 스물다섯 명은 일반 광복군 몇 명과 함께 70일 동안 장장 6천 리를 걸어서, 1945년 1월 31일 임시정부가 있는 충칭 조천문 부두에 도착했다. 오로지 독립운동의 총사령탑인 대한민국 임시정부를 찾아, 원로 지사들에게 조국의 젊은 피를 수혈하고 큰 지도를 받겠다는 일념에서, 이들은 엄동설한에도 험준한 산령을 걸어서 넘었던 것이다.

충칭 시내 거리를 독립군가를 부르며 행진해 연화지 청사에 들어선 이들은, 앞마당에서 김구 주석의 눈물어린 환영사를 듣고, 광복군 총사령 지청천 장군의 사열을 받음으로써, 정식으로 광복군이 됐다.

일본 군대를 탈출한 한국의 지식 청년들이 임시정부를 찾아온 사건은 국제적인 뉴스가 됐다. 이미 서른 해가 넘도록 일제의 지배를 받고 있는 터에, 자신들이 태어나기도 전에 빼앗긴 나라의 주권을 되찾겠다고 사선을 넘어 온 이들의 행동은, 한국 망명정부의 위상을 세계에 한 껏 높이는 계기가 됐다.

매송한테서, 연화지 청사에 도착한 탈출 학병들의 무용담을 들은 답 사단은 12시 30분쯤 청사를 나왔다. 점심 식사는 인근에 있는 한국 식 당에서 했다.

칠성강에서 다음 행선지인 토교(土橋)로 가려면, 이 도시의 또 하나 의 명물인 충칭장강대교를 건너야 했다. 강 건너 남쪽은 남안구(南岸 區)로 민족혁명당 인사들과 그 가족들이 주로 살았었고, 임시정부의 대가족은 상류 쪽에 있는 파남구에 살았었다.

현재 주소는 파남구(巴南區) 리가타토교(李家沱土橋)… 그리고 예 전엔 동감(洞坎) 마을로 불리던 곳. 큰 길에 버스를 세워 두고, 일행은 개천가를 따라 한적한 농촌으로 들어섰다. 이내 나타난 곳이 대가족이 잊지 못하는 토교의 동감 마을. 언덕 위에 주택 몇 채가 모여 있는데, 그 가운데서, 오랜 풍상에 금방 주저앉을 것 같은 야트막한 기와집 한 채가 유난히 눈에 띄었다.* 바로 그 집이 중국 국민당정부가 한국의 망 명 가족들을 위해 지어 준 기와집 세 채 가운데 오롯이 남아 있는 한 채 였다.*

임시정부가 치장에서 충칭으로 옮기게 되자, 중국 정부는 이 곳에다 대가족이 옮겨와 살 수 있도록 새 거처를 마련해 주고, 이 마을을 신한 촌(新韓村)이라 불렀다. 일본군 탈출 학병들은 이 곳으로 와서 동포들

---

* 현재, 마을은 없어지고, 그 자리엔 중경강철집단 강관책임유한공사 (重慶鋼鐵集團 鋼 管責任有限公司)가 들어와 있다.]

의 뜨거운 환영 속에, 새로운 보직을 받을 때까지, 새로 지은 예배당 건물에서 두 달쯤 머물렀다.

답사단은 기와집을 둘러보고 나와, 마을 앞을 흐르는 개천으로 내려갔다. 예전엔 여인들이 빨래를 하고 아이들이 미역을 감을 만큼 맑고 깨끗했다는데, 지금은 온통 누런 흙물만이 흐르고 있었다.

"저기 글씨가 있어요!"

한솔이 큰 소리로 외쳤다. 기쁨도 덩달아 소리쳤다.

"그러네요! 한자로 화탄계라고 적혀 있어요!"

개천 아래쪽엔 작은 폭포가 하나 있는데, 그 곳 바위에 '花灘溪'(화탄계)란 글자가 새겨져 있었다. 오랜 세월 흐르는 물에 씻기면서도 글자 모양은 또렷했다.

대가족의 다 큰 사내아이들은 거기서 뛰어내리기를 하며 기개를 뽐냈다더니, 과연 그 증거가 여전히 그 곳에 남아 있었다.

내리는 순례를 위해 폭포를 배경으로 사진 한 장을 또 찍어 줬다. 자신의 신분이 밝혀진 뒤부터 순례는 훨씬 마음 가볍게 답사를 하고 있었다.

"하지만 남의 나라 도움으로 지탱하는 피난살이는 결코 낭만적인 전원생활이 아니었답니다."

매송이 길 위로 올라서며, 일행에게 말했다.

이 마을에서 해방을 맞은 임시정부 대가족은 1946년 1월에야 귀국길에 오를 수 있었다.

버스가 다시 장강대교를 건너, 지형이 오리 머리 모양을 하고 있는 유중구 지역으로 들어설 무렵, 기쁨의 손전화기가 벨 소리를 울렸다.

병원에 있는 민규가 건 것이다.

"지금 어디들 계세요?"

전화 속의 민규 목소리는 밝지 않았다.

"토교에서 나와서 지금 돌아가고 있어요. 장강대교를 막 건넜으니까 곧 호텔에 도착할 겁니다."

기쁨이 말했다.

"그럼 말이지요, 기쁨 씨, 호텔로 가기 전에 병원에 먼저 들르도록 해요."

"알겠어요. …그런데 왜 그러세요, 사장님? 병원에 무슨…?"

기쁨이 말을 채 끝내기 전에 전화가 끊겼다. 곁에 있던 내리가 갑자기 표정이 굳는 기쁨을 쳐다봤다.

"병원에 무슨 일이 생긴 게 아닌지 모르겠어요."

기쁨의 목소리엔 불안감이 엿렸다.

일행이 탄 버스가 인민의원 앞마당으로 들어섰을 때, 병원 현관 앞에는 충칭 경찰국 차량 한 대가 시동이 걸린 채 서 있었다. 사람들이 차에서 내리자, 현관 안에서 민규가 낯선 남자 서너 명과 함께 밖으로 나왔다. 사복 경찰이 분명했다.

"강 사장…!"

심상치 않은 분위기에 놀란 매송이 먼저 입을 열었다.

"지금들 오십니까?"

민규의 얼굴은 창백했고 말소리는 겨우 들릴 만했다.

형사들이 일행을 향해 버스에 다시 타라는 손짓을 하며, 중국말로 떠들어 댔다. 기쁨이 그 중 상급자로 보이는 한 남자한테 무슨 일이냐고 물었다. 그 남자는 쏘아붙이듯이 한 마디 뱉고는, 경찰차로 가서 운전석 옆자리에 올라탔다. 여전히 안절부절못하는 민규가 매송 곁으로 다가와, 풀죽은 목소리로 속삭였다.

"노 사장님은 자신의 실수로 벼랑에서 추락한 것이 아니랍니다."

"뭐라구요! 그렇다면 누가 일부러…?"

매송이 자신도 모르게 큰 소리를 냈다.

"네, 사장님은 살해되실 뻔했다는 거예요."

두 사람의 대화를 듣게 된 다른 사람들도 기겁을 하며 서로 얼굴을 쳐다봤다. 그 때 형사들이 뭐라 다시 소리치며, 일행을 버스 안으로 밀어붙였다. 기가 죽고 말문이 막힌 사람들은 순순히 차에 올랐다.

경찰차가 사이렌을 울리며 앞장 서고, 버스가 그 뒤를 따랐다. 버스 안에서, 민규는 이 날 병원에서 일어난 일을 일행에게 자세히 설명했다.

뇌진탕과 뇌출혈의 원인이 된, 기만의 머리에 난 상처가 문제였다. 떨어질 때 벼랑이나 땅바닥에 부딪혀 생긴 것이 아니라, 뭉툭하지만 매우 단단한 어떤 흉기에 맞아서 생긴 흔적이라고, 경찰 법의학자들이 결론을 내렸다는 것이다.

답사단은, 병원측의 제보로 경찰 당국이 그런 조사를 은밀히 하고 있었다는 사실을 전혀 눈치채지 못했다. 금희는 피해자의 아내란 점이 감안돼, 일행이 돌아오기 전에 병원에서 이미 조사를 마쳤다. 그래서 그는 혼자 병원에 남았다.

충칭 경찰국 외사과에 도착한 일행은 우선 여권부터 압수됐다. 사건이 해결될 때까지 그들이 보관하겠다고 했다. 그리고 한 사람씩 그들의 심문을 받았다. 기쁨이 곁에서 통역을 했다. 심문하는 수사관은 따로 있었다.

"버스 운전사의 말로는, 사고가 날 때 피해자 주변에는 당신들 한국인밖에 없었다고 했소. 따라서 당신들 속에 살인미수범이 있을 가능성이 매우 큽니다."

수사관이 추정하는 사건의 경위는 이러했다. 범인은 돌멩이 같은 흉기로 피해자 뒤통수를 때려 정신을 잃게 한 뒤에 벼랑 아래로 떠밀었다. 다시 말해, 현장의 여건을 최대한으로 이용해 완전범죄 추락사를 기도했다는 것이다.

일행은 심한 충격에 휩싸였다. 지금까지 아무도 입 밖에 내지는 않았지만, 그럴 가능성을 다들 한 번쯤은 생각해 봤기 때문에 더 했다. 물론 전장에서 역술가를 만나지 않았다면 그렇게까지 사태를 비관적으로 받아들이진 않았을 테지만 말이다.

그러나 수사관의 추정에는 물리적으로 한계가 있었다. 사고 순간에, 피해자인 기만과 그리고 다른 곳에 있었던 금희와 길남을 제외한, 나머지 일곱 사람은 사진을 찍기 위해 모두 한 자리에 모여 있었기 때문이었다.

"그래요! 그 사진을 보여 주면 돼요!"

갑자기 내리가 목소리를 높였다. 자신들이 의심 받는 상황을 반전시킬 수 있는 결정적인 증거를 문득 떠올린 것이다.

그것은, 기만의 비명 소리가 들리는 순간 자신이 카메라 셔터를 눌렀기 때문에, 그때 찍은 사진에는 한두 명이라도 놀라는 표정을 지었을 테고, 그러면 사진 속 여섯 명과 카메라를 든 자기는 그 순간에 범행 현장에 있지 않았다는 게 증명되지 않겠는가, 하는 것이었다.

디지털 카메라에 저장된 사진들 속에서 문제의 사진을 찾아 수사관에게 보였다. 사진 속 여섯 사람의 모습은 제각각이었다, 하지만 하나같이 무엇엔지 놀라는 표정이 잘 나타나 있었다. 특히 교수의 표정은 다른 사람들보다 놀라는 정도가 커서 우스꽝스럽기까지 했다.

　수사관은 카메라의 액정 화면에 뜬 그 사진을 확대해 가며 일일이 사람들과 대조했다. 그러고 나선 사진 속에 없는 길남을 노려봤다.

　"당신하고 피해자 부인만 보이지 않는군!"

　수사관이 중국말로 말했다.

　"아, 그 두 분은 그때 함께 있었어요."

　기쁨이 겁먹은 길남을 대신해서 얼른 대구해 줬다.

　"황 여인은 당신 아내가 아니잖소?"

　수사관이 다그치듯 다시 길남한테 물었다. 그 말을 알아들은 매송이 기쁨한테 말했다.

　"두 사람은 사고가 난 곳에서 멀리 떨어져 있었다고 말해 줘요."

　그래서 기쁨이 그렇게 통역했지만, 수사관은 의심 품은 눈초리를 길남한테서 거두질 않았다.

　"참, 노 사장님도 사진을 찍고 계셨으니까, 그 사진들 속에는 뭐가 찍혔는지 조사해 볼 필요가 있을 것 같은데요?"

　한솔이 갑자기 생각난 듯 말했다. 기쁨이 한솔의 말을 전하자, 수사관도 관심을 보였다.

　"그 카메라는 지금 어디 있어요?"

　수사관이 물었다. 병원에 남아 있는 금희가 가지고 있을 거라고, 기쁨이 대답했다.

　경찰은 그 밖에도 시시콜콜한 여러 가지 사항을 물었고, 일행은 있었던 일들을 사실대로 답변했다. 내리 카메라에 찍힌 문제의 사진은 사고 순간에 찍은 거라고 단정할 또 다른 증거가 필요하지만, 일단 참고 자료로 갖고 있겠다며, 수사관은 자신의 컴퓨터에 그 사진을 복사해서 저장했다.

심문을 시작한 지 두 시간쯤 지나, 수사관은 외선 전화 한 통을 받았고, 통화를 마친 뒤에, 그는 이렇게 말했다.

"퉁쯔현 경찰이 오늘 오후에 칠십이굽잇길로 가서 사고 현장과 그 주변을 수색했는데, 범행의 물증이 될 만한 걸 찾지 못한 것 같소. 당신들을 태우고 왔던 버스의 보조 운전사가 안내를 했으니, 현장 위치를 잘못 짚었을 리도 없는데 말이오. 흐음, 어느 나라나 이래서 도시와 시골의 차이가 있는 거요. 당신네 나라도 분명 그럴 거요. 어쨌거나 우리 중국 경찰은 쉽게 포기를 하지 않소. 내일 다시 할 생각이오. 이번엔 시골놈들한테 맡기지 않고 우리가 직접 나갈 것이오. 머리를 때린 흉기만 찾으면 쉽게 종료가 될 사건인데…, 뭐, 거기 어디에 있겠지. 우린 반드시 그것을 찾아 낼 거요. 그러니까 당신들은 그 때까지 충칭을 떠나선 안 되오. 여권도 당신들에 대한 혐의가 전부 풀린 뒤에나 돌려 주겠소."

그러면서 수사관은, 흉기가 나올 경우 지문 대조를 해야 하기 때문에, 일행의 지문을 찍어 둘 필요가 있다고 말했다. 그래서 다들, 내키지 않은 일이었지만, 어쩔 도리 없이 각자의 손가락에 시뻘건 인주를 묻혀야 했다.

일행이 경찰국 조사실을 나와, 대기하고 있는 여행사 버스를 탄 뒤에도, 길남은 계속 불안해했다. 그런 길남을 한솔이 곁에서 위로했다.

"아무리 사회주의 독재 국가라 해도, 증거 없이 누구를 의심하거나 함부로 체포할 수는 없어요. 더구나 우린 외국인이잖아요. 그러니까 아무 걱정 마시라고요."

"걱정은 뭘…, 기분이 좀 나빠서 그런 거지."

길남은 겉으론 태연한 척 그렇게 말하면서도, 수사관이 자기를 의심하고 추궁할 때 느꼈던 두려움이 아직도 가시지 않는 듯, 마른 입술을 연신 빨아 댔다.

"기쁨 씨, 시안 호텔에 전화부터 겁시다. 일정이 변경돼 내일 투숙할 수가 없게 됐다고 말이에요."

버스가 떠나자, 민규가 말했다.

"알았어요, 사장님."

기쁨은 당장 손전화로 시안(西安)에 전화를 했다.

버스는 호텔로 곧장 가지 않고 병원에 먼저 들렀다. 그리고 그 때까지 혼자 불안에 떨고 있는 금희를, 민규가 데리고 나와, 차에 태웠다.

차에 오른 금희는, 모두 아무 탈 없이 돌아온 것이 정말 기쁘다면서, 이 날 저녁 식사를 대접하겠다고 말했다. 그래서 일행은 해방비상업구에 있는 쓰촨요리(四川料理) 전문 식당으로 갔다.

"기쁨 씨, 이 지방 특산주도 한 병 시켜요."

종업원이 주문을 받으러 오자, 금희가 기쁨한테 말했다. 그래서 쓰촨성의 명주로 꼽히는 노교특곡주(老蕎特曲酒) 한 병이 쓰촨요리와 함께 따라 나왔다.

음식을 먹으면서 일행은 경찰국에서 있었던 일들을 금희한테 들려줬다. 길남이 의심을 받았다는 얘기도 했다. 그러자 금희는 마치 자기 잘못인 양 길남한테 사과를 했다.

"이런! 저걸 어쩌지요? 죄송해요, 백 선생님. 제가 아까 따라갈 걸 그랬나 봐요."

"괜찮아요, 황 여사님. 죄지은 게 없는데 뭐가 걱정이에요."

축 처졌던 길남의 어깨가 조금 올라갔다.

남자 여섯 명이 50도가 훨씬 넘는 독주 한 병을 다 비웠다. 그래서
이 날은 네 사람의 저녁회의를 할 수가 없었다. 매송과 민규가 처음으
로 취한 모습을 보였기 때문이었다.

내리와 기쁨이 잠자리에 들려고 옷을 벗는데, 전화 벨이 울렸다. 접
수대에서 건 전화였다. 기쁨이 통화를 끝내고 말했다.

"형사래요. 노 사장님 카메라를 가지러 온 것 같아요."

그리고 기쁨은 방에서 나갔다. 복도 끝에 있는 승강기 쪽으로 걸어
가는데, 형사 한 명이 벌써 승강기 문에서 나오고 있었다. 아까 병원으
로 왔던 이들 가운데서 가장 젊은 형사였다.

기쁨의 안내를 받은 젊은 형사는, 금희와 순례가 함께 들어 있는 방
으로 갔다. 그리고 금희한테서 기만의 카메라를 인수했다.

"사진을 확인한 뒤에 카메라와 필름은 돌려 드리겠습니다."

형사가 중국말로 말했다. 그리고 방을 나가려다가 돌아서서 물었다.

"그런데 참, 이 카메라는 어디서 찾았답니까?"

기쁨이 그 말을 금희한테 통역했다.

"백 선생이 가져다 줬어요. 어디서 찾았는지는 잘 모르겠고요."

금희의 말을 통역으로 들은 형사가 다시 물었다.

"백 선생은 몇 호실에 계시지요?"

"지금 가 보시려고요?"

기쁨이 묻자, 형사는 손을 내저었다.

"아니, 호실만 가르쳐 주세요. 필요하면 나중에 연락하지요."

형사는 기쁨이 가르쳐 준 길남의 방 번호를 수첩에 적었다. 그러고
는 협조해 줘서 고맙다고, 두 사람한테 정중히 인사를 했다. 그리고 다
시 방을 나가는데, 갑자기 금희가 무엇이 생각난 듯 깜짝 놀라며 소리

쳤다.

"시계…? 그이의 금장시계가 안 보여요!"

막 문을 열고 나가려던 형사가 멈칫하고 서서, 기쁨한테 물었다.

"지금 부인이 뭐라고 하는 거요?"

기쁨 또한 어리둥절해서 우물쭈물하는데, 금희가 다시 입을 열었다.

"그 날 점심을 먹고 다시 버스를 탔을 때, 제가 몇 시냐고 물은 적이 있어요. 제 시계는 약이 떨어져서 안 차고 다닌 지가 한참 됐거든요. 그 때 사장님은 손목에 찬 시계를 들여다보시고 나한테 시간을 가르쳐 주셨지요. 그러니까 사고가 날 때까지도 그 시계는 분명히 손목에 차고 계셨을 텐데…, 어째서 지금은 보이지 않는 거죠?"

아까부터 말없이 곁에서 지켜만 보고 있던 순례가 끼어들었다.

"산길에 떨어졌나 보지, 뭐. 카메라처럼…."

기쁨이 두 사람의 말을 종합해서 형사한테 전달했다. 그러자 형사는 고개를 갸우뚱했다.

"오늘 현지 경찰의 보고로는, 현장엔 아무것도 남아 있지 않다고 했습니다. 설령 시계가 카메라처럼 길바닥 어디에 떨어져 있었다 하더라도, 거기는 걸어서 다닐 데가 아니라서, 누가 지나가다 발견하고 주워 갔을 가능성도 없고요. 더욱이 달리는 자동차에선 손목시계 같은 게 눈에 들어 올 리가 없지요. 그러니까 현장엔 처음부터 부인의 남편 되시는 분의 시계가 없었을 거란 말입니다."

금희는 형사의 말에 동의하지 않았다.

"그 시계는 달라요. 보석이 많이 박힌 고급시계라서 햇빛을 받으면 몹시 번쩍거려요. 사람들 눈에 쉽게 띌 거라고요."

젊은 형사는 금희의 말에 무게를 두지 않았다. 아무리 보석이 번쩍

거려도 그 조그만 물체가 얼마나 빛을 반사시킨다고, 달리는 자동차에 탄 사람들의 눈길을 끌겠는가, 하는 표정이었다.

"내일 우리가 현장을 다시 조사하기로 했으니까, 그 때 잘 살펴 보겠어요. 나오면 알려 드리지요."

이 말만 남기고, 형사는 돌아갔다. 기쁨도 자기 방으로 돌아왔다. 내리한테 금희 방에서 있었던 일들을 간단히 전하고, 그는 다시 잠옷을 입었다.

침대에 누운 내리는, 새로운 국면으로 들어서고 있는 기만의 추락 사고에 대해, 전제와 선입견 없이, 있을 수 있는 모든 상황을 다 가정해 보기로 했다.

'만일, 만일에 말이다. 중국 경찰의 말처럼, 우리들 가운데 한 사람이 범행을 저지른 거라면, 과연 그는 누굴까? 물론 다들 알리바이(현장 부재 증명)가 있다. 적어도 유 교수, 이 작가, 김 여사, 닥터 최, 한솔과 기쁨은 노 사장의 비명 소리가 들릴 때 같이 있었어. 그리고 백 선생과 황 여사는 사고 현장과는 정반대편에 있었지. 그런데도 누군지가 노 사장을 흉기로 때리고 벼랑 아래도 떠밀었다니, 유령의 짓이 아니라면, 정말 귀신이 곡할 노릇이다.

아냐, 경찰이 잘못 짚은 거야. 머리에 난 상처는 떨어질 때 벼랑의 바위나 땅바닥에 부딪혀도 생길 수가 있어. 뇌진탕이 흉기에 맞아서만 일어난다는 보장이 어디 있냐고?'

그러면서도 내리의 머릿속 다른 한 구석에선, 쩐쟝의 역술가 말이 또다시 스멀거리고 있었다.

'그래! 그 도인이 우리들 가운데서 살기가 느껴진다고 했지. 일찍이 장졔스, 마오쩌둥, 떵샤오핑 같은 중국 현대사 영웅들이 죽을 때를 정확히 예언했다는 그 역술가가 그랬어. 우리 일행 중 한 사람이 다른 한 사람을 살해할 거라고…, 그래야 나머지 사람들이 탈이 없게 된다며…!

오, 맙소사! 이미 그 사람 말이 반은 사실로 드러났잖아! 그렇다면 살기를 품은 자가 우리들 아홉 명 가운데 있어야 하고…! 누구야? 도대체 그 사악한 자가 누구란 말이야? 유 교수야? 이 작가야? 김 여사는? 기쁨은? 아니, 나는… 나는 괜찮은가? 대관절 누굴 의심해야 하고 또 누굴 의심하지 말아야 하나. 그래, 백 선생은 황 여사를 좋아하니까, 동기가 있다면 충분히 있다고 할 수 있어. 닥터 최 역시 위험한 인물이지. 이미 한 차례 살인 피의자로서 재판까지 받았던 사람이잖아? 그것도 사랑하는 아내를…! 한솔은 또 어떻지? 그도 '쥐덫' 같은 괴기한 연극에서 연기를 했던 배우 경력잔데…, 게다가 이번 여행만 해도 그래. 결과가 어찌 됐든, 실은 매우 불순한 동기로 답사단에 참여해서, 천연덕스럽게 자신의 매부를 감시했어. 그렇다면 가면을 쓰고 속내를 감추는 일엔 이력이 난 사람이니, 동기는 몰라도 실행력은 충분히 갖춘 친구야. 참, 연기는 닥터 최도 한 적이 있다고 했지. 그렇다면 실행 능력은 닥터가 한결 높다고 봐야지. 그런데 그한텐 동기가 없어. 적어도 지금까지 드러난 상황에선 노 사장을 미워할 까닭이 닥터한테는 없어. 그런 게 있었다면, 류쩌우 가는 배 안에서 굳이 노 사장을 위해 응급처치를 할 필요가 없었잖아?

다시 유 교수로 돌아가 보자. 노 사장은 우한에서부터 교수한테 뭣 때문인지 잘 보이려고 애를 썼지. 호골주를 선물로 주지를 않나, 광쩌우에선 두 사람만 따로 식당에 남아 술을 마셨어. 왤까? 노 사장이 그렇게까지 안달하며 교수한테 접근한 까닭이 뭘까? 무슨 부탁이 있었겠지. 그런데 그 뒤로 두 사람의 표정을 보면, 노 사장의 희망은 꺾인 게 분명해. 그의 요구 사항이 교수한테 거절 당한 거야. 가만! 그렇다면… 노 사장이 오히려 교수한테 원한을 품어야 하는데…! 이런 엉터리 같은 추리가 어딨담!'

자정이 되도록, 내리는 엎치락뒤치락하며 이런 생각 저런 생각 다 해 봤지만, 전혀 의미 없는 망상을 하고 있다는 결론만을 다시 얻었다. 내리는, 옆에서 코까지 새근새근 골며 단잠에 빠져 있는 기쁨의 무던한 성격이 못내 부러웠다.

그 때 바깥이 갑자기 소란스러워졌다. 중국말 소리와 함께, 어느 방의 문인지 심하게 두드리는 소리가 내리의 방에까지 들렸다. 이내 한국말도 들려 왔다.

"누구세요?"

잠에서 덜 깬 한솔의 목소리였다. 그러자 이번엔 한 사람이 영어로 대꾸를 했다.

"오픈 도어! 폴리스멘!"

기쁨도 이미 잠에서 깼는지 뭐라 중얼거리며, 머리맡에 있는 전깃불을 켰다. 밖에선 방문 여는 소리가 났다.

"팩킬남, 히어?"

영어가 다시 들리고, 이어, 남자들이 문 안으로 거칠게 들어가는 소음이 들렸다. 어느 틈에 옷을 입은 기쁨이 문을 열고 밖으로 나갔다. 내리도 침대에서 내려 와 옷을 찾아 입었다.

기쁨이 문이 반쯤 열린 길남의 방으로 뛰어들어갔다. 실내등이 환히 켜져 있는 그 방에선, 낮에 병원으로 왔던 형사들이 길남을 둘러싸고 있었다. 밤에 금희한테서 카메라를 가져간 젊은 형사도 눈에 띄었다.

길남의 것으로 보이는 한국 여권 하나를 손에 든 상급자가 길남을 향해 영어로 소리쳤다.

"빽, 유어 빽!"

파랗게 질린 길남이 자기 여행가방을 찾아서 상급자 앞에 가져다 놨다. 무슨 영문인지 모르는 한솔은 그저 두 눈이 둥그래진 채 곁에서 방관자로 서 있을 뿐이다. 젊은 형사가 길남의 가방을 열고 거꾸로 뒤집었다. 그러자 내용물이 바닥에 쏟아졌다. 또 한 사람이 달려 들어 둘이서 무언지를 찾기 시작했다. 순간 길남의 얼굴이 크게 일그러지며 털썩하고 침대 위에 주저앉았다.

그 때 젊은 형사가, 목적한 것을 찾아 냈는지 환호하며 허리를 폈다. 그의 손에선, 기만의 것이 분명한 금장시계가 실내등 불빛을 받아 번쩍거렸다. 시곗줄 한 쪽이 끊겨 있는 것으로 보아, 시계는 기만이 추락할 때의 충격으로 일부 파손된 것 같았다.

상급자의 입가에서 회심의 웃음이 번지고, 다른 형사가 수갑을 꺼내 다짜고짜로 길남의 손목에 채웠다.

그제서야 정신이 번쩍 든 기쁨이 중국말로 웬일이냐고 묻자, 상급자가 중국말로 대답했다.

"이 자가 범인이오. 보시다시피 이 보석시계가 탐이 나서 살인을 기도한 거죠."

기쁨은 그의 말이 이해가 되지 않았다.

"보세요. 그 시곈 부숴졌잖아요? 만일 시계를 가지려고 했다면 벼랑으로 떠밀기 전에 먼저 손목에서 빼냈어야지요?"

언제 들어왔는지, 매송이 거들었다.

"백 선생은 현장에 없었어요! 기쁨 씨, 어서 이 사람한테 그렇게 말해요. 무고한 사람을 체포하지 말라고요."

기쁨이 떨리는 목소리로 그 말을 통역하는데, 당사자인 길남이 갑자기 울부짖기 시작했다.

"노우! 노우! 난 아니라구! 시계는 벼랑 아래서 주운 거야! 그냥 가지고 있었을 뿐이라구!"

길남이 크게 반항했다. 그러자 수갑을 채웠던 형사가 길남의 뺨을 한대 올려붙이며 욕을 했다. 중국 경찰은 범죄인한테는 사람 대접을 하지 않는 듯했다. 아직 용의자에 불과한데도, 그들은 거칠고 단호했다.

결국 길남은 경찰국으로 끌려갔다. 매송과 민규가 따라가려고 했지만 거절 당했고, 그들은 기쁨만을 데리고 갔다. 이 일은 이내 답사반 전원에게 알려졌고, 그들은 그 밤을 꼬박 새워야 했다.

금희는 소식을 듣고, 처음엔 어안이벙벙한지 아무 말을 못 하다가, 이윽고 울음을 터뜨렸다.

"백 선생님은 범인이 아니에요! 나하고 함께 있었단 말이에요!"

매송이 금희를 달랬다.

"그렇고말고요. 길남 씬 아닙니다. 내일 우리가 모두 경찰국으로 가서 강력히 항의하고 증언을 하면, 바로 풀려날 겁니다."

"정말 그렇게 되겠죠? 저도 꼭 가겠어요. 그 시계도 말이죠. 제가 고쳐 달라도 그분한테 맡겨 놓은 건데, 제가 그만 그 사실을 깜박 잊었었다고 말하겠어요."

금희의 얼굴은 그제서야 조금 편안해졌다. 그리고 그런 놀라운 임기응변을 떠올린 자신이 대견한 듯 연방 두 눈을 끔벅거렸다. 매송 역시 평소의 금희답지 않은 그의 순발력과 재치에 마음 속으로 경탄했다.

그러나 민규의 표정은 여전히 복잡하고 어두웠다. 그로선 아직은 길

118

남의 결백을 믿기 어려운 듯했다. 하긴 그럴 만도 했다. 그 자신은 사고 현장에 있지도 않았고, 더구나 답사단원들을 이해할 수 있는 기회를 일찍이 잃었지 않은가.

이튿날 아침 일찍, 매송과 금희는 충청 경찰국으로 떠나고, 민규를 비롯해 다른 사람들은 병원으로 갔다. 여럿이 경찰국으로 몰려가는 것보단 대표로 두 사람만 가는 것이 낫겠다는 의견이 많아, 그렇게 했다.

병원의 환자는 의식을 찾은 것 같았지만, 여전히 말을 못했다. 자신을 바라보는 사람의 얼굴에 어쩌다 눈의 초점을 맞추는 듯했지만, 그가 누군지 알아보는 것 같지는 않았다. 교수와 순례는 한숨만 내쉬고 다시 호텔로 돌아갔다.

"내리, 아무래도 귀국을 하루 이틀 미뤄야겠지?"

중환자실을 나와서, 민규가 내리한테 물었다.

"그래야겠지. 시안 일정은 취소하고…….."

내리가 대답했다.

"연기는 가능한데, 같은 항공사라도 출발 공항은 바꿔 주지 않아. 그러니까 시안 답사는 예정대로 진행해야 돼."

민규는 가지고 있던 손전화로 서울 사무실에 전화를 걸었다. 그리고 예정 날짜에서 이틀을 늦춰 13일에 귀국할 예정이니, 항공사에 좌석 확인하라고 지시했다.

"제발 그 때까진 범죄가 아니란 게 밝혀져야 하는데…….."

민규의 목소리엔 힘이 빠져 있었다.

병원엔 민규만 남고, 나머지 사람들도 호텔로 돌아갔다. 혼자 떨어진 민규는 오래 전에 끊은 담배 생각이 갑자기 나서 구내 매점으로 갔다. 다행히 병원 매점에서도 담배를 팔고 있었다. 민규는 가장 싼 걸로 한 곽을 샀다. 그리고 뒷마당으로 나왔다. 중국 담배는 곽을 뜯기도 전부터 역겨운 냄새를 풍겼다. 결국 그는 쓴 담배 한 대를 피워 보지 못하고, 길고 초조한 낮 시간을 홀로 애만 태우며 보냈다.

그런데 오후 4시쯤 경찰국에 갔던 사람들한테서 소식이 왔다. 기쁨이 민규한테 전화를 걸어 온 것이다.

"사장님, 지금 막 경찰서에서 밖으로 나왔어요! 그런데 놀라지 마세요! 지금 백 선생님도 옆에 함께 계세요!"

흥분에 겨운 기쁨의 목소리가 민규의 전화기 속에서 폭발했다.

길남을 앞세운 매송과 금희, 기쁨이 병원에 도착해, 민규한테 들려준 얘기는 이러했다.

사고 순간에 길남은 금희와 함께 있었고, 금장시계는 금희가 길남한테 고쳐 달라고 맡긴 것인데, 경황 중에 한 일이라 그만 깜박 잊고 있었다는, 금희의 증언이 받아들여졌다. 그리고 본국 수사요원들이 이 날 현장을 다시 수색했지만, 범행이라고 단정할 만한 물증을 찾지 못했다. 따라서 기만의 추락은, 그들이 처음에 판단했던 대로, 본인의 과실에 의한 단순 사고로, 충칭 경찰 당국은 결론을 내렸다는 것이었다.

민규는 크게 안도했다. 확실한 물증 없이 외국인 여행단을 무작정 붙잡아 둘 수가 없다는 판단을, 중국 경찰이 내린 게 틀림없어 보이지만, 어쨌거나 사건이 이쯤해서 종료된 것은 여행사 사장으로선 천만다행한 일이 아닐 수 없었다. 고구려 유적지 답사단에 이어 임시정부 유적지 답사단까지 중국 사법 당국의 도마 위에 오르게 된다면…! 생각만 해도 등에서 진땀이 날 일이었다.

하룻밤 사이에 얼굴이 반쪽이 된 길남은, 호텔로 돌아와 일행 앞에서 울먹이며 용서를 구했다.

"죄송합니다. 실은 전 충청남도 천안에서 부동산 중개업을 하고 있습니다. 그런데 저와 동업을 한 사람이 구매자들의 돈을 가지고 잠적하는 바람에 저까지 누명을 쓰고 쫓기는 신세가 됐습니다. 동업자 부인의 말로는, 한두 달만 눈 감고 있으면 모든 일이 제 자리로 돌아올 거라며, 그 때까지만 저보고 어디 깊숙이 숨어 있으라는 거였어요. 그래서 급하게 중국으로 피신을 온 겁니다. 솔직히 저 같은 사람이 무슨 역사 의식이 있다고, 이런 여행에 참가했겠습니까? 그런데 가지고 있는 돈은 다 떨어지고, 이 여행이 끝날 때까지 동업자가 나타난다는 보장도 없으니, 어떡합니까? 까딱하면 중국 땅에서 기약 없는 노숙자로 살아야 할 처진데…. 그래서 카메라를 찾을 때 함께 발견한 금장시계를 슬쩍 주머니에 넣었던 겁니다. 정말 여러분께 면목이 없습니다. 특히 황 여사님한테는……."

덩달아 목이 멘 금희가, 따뜻한 말로 길남을 용서하고 위로했다.

"백 선생님, 그런 말씀 하지 마세요. 사업을 하다 보면 이런 일 저런 일 다 있게 마련인데, 힘내시고 이번 일은 잊으세요. 동업자한테도 어쩔 수 없는 무슨 사정이 있겠지요. 그 사람만 돌아오면 모든 일이 다 풀릴 거고요. 안 그래요, 백 선생님?"

다들 금희의 너그러움에 감동했다. 순례는 금희의 손을 따뜻하게 잡아 주며 고개를 끄덕였다.

일행의 여권도 모두 받아 왔기 때문에, 이들은 이 날 밤 비행기로 시안으로 떠나기로 했다. 원래 일정은, 이 날 오전 10시에 떠나, 오후 한나절 동안 시안에 있는 유적지를 답사하고, 다음 날 하루를 더 시안에서 쉰 뒤, 11일에 귀국하는 것이었다.

"민규야, 그럼 우리 원래 계획대로 십일일에 돌아갈 수 있잖아? 비행기표 연기하지 말라고 빨리 사무실에 알려야겠어."

내리가, 다급한 목소리로 민규한테 속삭였다. 그러나 민규는 전혀 다급해하질 않았다.

"아니, 그냥 십삼일에 돌아가. 항공권도 이미 바꾼 마당에. 그리고 이틀 더 시안에서 충분히 휴식하고, 정신없이 보낸 마지막 며칠을 보충해야지. 이건 여행사 사장으로서 내가 그 정도는 배려를 해야 하는 거야."

'그러면 회사가 너무 손해를 보잖아?'

내리는 이런 말이 목구멍 끝까지 올라왔지만, 민규의 편안한 얼굴을 보고선 차마 그 말을 꺼낼 수가 없었다.

금희는 혼자라도 환자 곁에 남기를 원했다.

"사장님이 비행기를 탈 수만 있으면 당장에라도 모시고 귀국하고 싶어요. 아무래도 서울서 치료를 받으시는 게 더 낫지 않겠어요?"

민규도 그 말에 동의했다. 그래서 충칭에는 민규와 금희가 남아, 환자의 용태가 나아지는 대로 따로 귀국하기로 했다.

한 명이 빠진 임시정부 유적지 답사단 열 사람은 마지막으로 함께 평소보다 이른 저녁 식사를 했다. 그런 뒤에 여덟 명은 공항으로 향했다. 중국 항공사 비행기는 오후 8시 45분 충칭공항을 출발했고, 한 시간 이십 분 동안 북쪽으로 날아서, 시안 국제공항에 무사히 도착했다.

19
(시안) 피눈물

3천 년의 긴 역사를 자랑하는, 산시성(陝西省)의 성도 시안(西安). 기원 전 서주(西周) 왕조가 이 곳에 처음 도읍을 정한 이래 10세기 초 당나라가 멸망할 때까지, 자그마치 열세 개 왕조가 명멸했던 중국 최고의 고도로, 우리에게는 장안(長安)으로 더 잘 알려진 국제도시다.

이 곳에 한국광복군 총사령부가 전방공작과 초모활동을 위해 한때 자리를 잡았었고, 그 뒤엔 광복군 제2지대가 머물며 미군과 함께 한반도 진공 계획을 추진했었다.

시안성(西安城) 남문 앞 장안북로(長安北路)에 있는, 15층 건물의 시안호텔에서 고도의 첫 밤을 보낸 답사단은 아침 9시쯤 거리로 나왔다. 일요일이라선지 거리는 생각보다 인파가 적었다.

시안에서 새로 빌린 승합차가 북쪽으로 조금 달리자, 이내 남문 앞 광장이 나오고, 그 뒤로 커다란 성문과 성벽이 보였다.

"시안을 이해하기 위해선 맨 먼저 이 성을 돌아 봐야 합니다. 그러고 나서 성 안에 있는 종루에 올라가 시내 중심부를 구경하는 겁니다. 그게 순서예요."

차 안에서 기쁨이 시안 답사 첫날의 일정을 일행에게 설명했다. 그리고 차는 동쪽으로 우회전해서 성벽을 따라 한 바퀴 돌기 시작했다.

왕조가 바뀔 때마다 궁성이 파괴되는 것을 막으려고 명나라 때 쌓았다는, 네모꼴의 시안성은 둘레 길이가 13킬로미터나 된다. 성벽 아래엔 참호를 팠는데, 깨끗하지는 않지만, 지금도 물이 흐르고 있었다.

일행은 하천 옆 큰길을 따라 차로 달리며, 성벽과 네 개의 성문을 구경했다. 국제 관광도시라서, 세계 각처에서 온 많은 외국 관광객들이 어디서나 눈에 띄었다.

우리 답사단 일행도, 지금까지 거쳐 온 다른 도시들에 비해 훨씬 더 역사적이고 문화적인 이 도시의 매력에 벌써부터 흠뻑 빠져들었다. 다만 한 사람, 길남만은 금희가 곁에 없어서 그런지 아니면 귀국할 날이 코앞으로 다가온 것이 걱정이 돼 그런지, 혼자서만 통 말이 없었다. 마음씨 착한 한솔이 곁에서 말을 붙이고 이것저것 챙겨 주는 데도 그 때뿐이고, 이내 다시 그는 시무룩해졌다.

그러나 다른 사람들의 가슴엔 마지막 여행지의 일정을 되도록이면 즐겁게 보내고자 하는 마음으로 채워져 있었다. 뜻하지 않았던 기만의 추락 사고 탓에 예정에 없이 이틀 늦게 귀국하게 됐지만, 그것을 불평하는 사람은 없었다. 오히려 여행사 사장의 심지 깊은 배려에 고마워했다. 그만큼 이들은 사실 피곤하고 지쳐 있었다. 그래서 그간 겪은 고통에 대한 보너스를 최대한 만끽하고 서울로 돌아가기를 바라고 있는 것인지도 모르는 일이었다.

성문을 드나드는 차량과 인파로 성곽 주변은 휴일임에도 꽤 복잡했다. 반 시간이 걸려 한 바퀴를 돈 뒤, 승합차는 다시 남문을 통해 종루로 향했다.

시안성 한복판에 있는 시안의 상징 종루(鐘樓)는 높은 벽돌 토대 위에 지은 3층 목조 건물인데, 명나라 때 창건됐고 청나라 때 중건됐다.

관광객들은 토대까지 올라갈 수가 있게 돼 있었다. 차에서 내린 일행도 계단을 따라 토대로 올라갔다. 거기는 동서남북으로 퍼져 나간 네 개의 큰 길이 합치는 지점이기도 했다. 사람들은 토대 뜰을 한 바퀴 돌며, 눈 아래 보이는 시 중심지를 구경했다. 이들이 이 날 맨 먼저 답사할 임시정부 유적지는 북쪽으로 빤히 내려다보이는 시정부 청사 바로 뒤쪽에 있었다.

북대가(北大街) 이부가(二府街) 29호, 한때 한국청년전지공작대 본부가 있던 곳인데, 현재는 중국인민법원이 자리잡고 있었다.

1939년 11월 충칭에서 나월환을 비롯한 무정부주의 계열 청년 30여 명이 전지공작대를 조직한 뒤, 중국군 제10전구 사령부가 있는 시안으로 이동했다. 결성 과정에서 김구의 승인을 받았지만, 임시정부의 지휘를 받지 않는 독자적인 조직체였다. 공작대는 인근 지역에서 초모공작을 벌여 병력을 다수 보충한 뒤, 1941년 1월에 광복군 제5지대로 편입됐다. 그리고 이듬해 4월 광복군이 개편될 때, 광복군 제2지대로 재편됐고, 지대장으로 총사령부 참모장인 이범석이 취임했다.

그 즈음엔 광복군 총사령부도 이미 전방 지구인 시안에 와 있었다. 전지공작대가 있던 곳에서 큰길 쪽으로 백여 미터 떨어진 곳, 이부가(二府街) 4호 자리에 2층 목조 건물이 한 동 있었는데, 총사령부는 그

집을 본부로 삼아, 1년 10개월을 머물렀다.

그런데 그 곳 역시 현재는 도로에 편입돼 아쉽게도 아무것도 남아 있지 않았다. 광복군 제2지대도 처음엔 이 곳에 함께 있다가, 총사령부가 다시 충칭으로 돌아갈 때 두곡마을로 옮겼고, 거기서 해방을 맞았다.

시안의 첫 호텔 밖 식사는 종루 광장 가에 있는 교자관에서 하기로 했다. 개업한 지 거의 70년이 됐다는 이 만두 전문 식당은 건물이 화려하면서도 고풍스럽게 꾸며져 있어서 주변 고적과도 잘 어울렸다. 이 식당은 병아리, 오리, 토끼, 고슴도치, 원숭이, 꽃게, 금붕어, 나비, 연꽃, 나뭇잎 같은 형형색색의 모양과 각종의 소를 넣은 만두들을 제공한다고 해서, 국내외 관광객이 한 번쯤 꼭 들르는 곳이라고, 기쁨이 말했다.

일행은 미리 예약해서 확보해 둔 식탁으로 안내를 받았다. 둥근 식탁에 둘러앉자, 매송이 입을 열었다.

"처녀 총각이 가서 스무 가지만 골라 봐요."

이 집 만두는 대체로 크기가 작아서, 그렇게 하면 한 사람이 스무 개를 골고루 맛볼 수 있는 양이 된다.

내리와 기쁨, 한솔이 자리에서 일어나 진열장 앞으로 걸어갔다. 거기엔 무려 168가지 만두 모형이 손님들의 눈길을 끌고 있었다. 기쁨은 겉모양보다는 내용물을 살펴서 골랐고, 한솔은 기쁨을 닮은 예쁜 모양의 만두가 좋다며, 병아리나 토끼 같은 것들을 골랐다. 오랜만에 홀가분해진 한솔과 기쁨은, 마치 둘만이 따로 외국여행을 하고 있는 연인들처럼, 스스럼없이 다정하게 행동했다. 내리는, 만두를 고르면서 어린애처럼 즐거워하는 두 사람을 위해, 한 발 떨어져서 구경만 했다.

별난 식사를 끝낸 일행은, 그 곳에서 남동쪽으로 20여 킬로미터 떨어진 두곡 마을로 향했다.

시내를 빠져 나온 승합차는 남쪽으로 곧장 달리다가 장안(長安)에서 흥교사로 가는 동쪽 길로 들어섰다. 그리고 시멘트 포장 길을 조금 더 따라가니, 왼쪽으로 학교 정문이 보였다. 장안현(長安縣) 두곡진(杜曲鎮)에 있는 두곡소학교(杜曲小學校)였다.

교문 안으로 들어서자, 너른 운동장과 몇 동의 학교 건물이 나타났다. 한국의 지방 학교와 분위기가 비슷한데, 운동장에선 학생들이 부채를 들고 무용 연습을 하고 있었다.

"이 곳에 광복군 제2지대 본부 건물과 이범석 지대장의 숙소가 있었습니다. 그리고 지대 병영은 여기서 4백 미터쯤 더 들어간 곳에 있었고요."*

매송은 현장 소개에 이어, 이 곳에서 있었던 역사적인 사건에 대해서도 설명했다.

그때 중국에 주둔하고 있던 미국 전략첩보기구(OSS)는 독수리작전이란 것을 수립했다. 이것은, 1945년 8월 20일 안으로, 한국 광복군을 낙하산이나 잠수정으로 한반도에 상륙시켜, 미군이 한반도 서해안에서 상륙 작전을 펴는 데 필요한 정보를 미리 제공 받으려는, 한미 군사 합작의 첩보 공작이다. 만일 이 작전이 성사되면, 한국 광복군이 제2차 세계대전에서 연합군과 함께 최초로 수행한 본격적인 전투 행위가 되는 것이며, 따라서 대한민국 망명정부는 이것을 통해 참전국의 자격을

---

* 이범석의 부관이었던 김준엽 지사의 증언.

얻을 수 있기 때문에, 이것이 한국독립운동사에 미치는 영향력은 실로 엄청난 것이라 할 수 있다. 사실 한국 광복군은 그때까지, 공작대원 아홉 명을 버마전선에 파견해 연합군을 도와 일본군 심리 교란 작전을 펴고 있었을 뿐, 그 밖으로 실질적인 전투에는 참여해 본 적이 없었다.

훈련 계획은 양측 실무진들의 검토를 거친 뒤 임시정부에 보고됐고, 김구는 1945년 4월 3일 이것을 승인했다. 그래서 국내의 최근 사정을 가장 잘 아는 일본군 탈출 학병들이 주축이 된, 제2지대 대원 50명이, 1차로, 미군 전문요원들의 지도 아래, 인근 종남산에서 특전대 훈련을 3개월 동안 받았다.

훈련이 끝나 갈 무렵인 8월 7일엔, 충칭에 있던 김구 주석과 지청천 장군이 시안에 도착했고, 다음 날 그들은 병영에서 동남쪽으로 40여 리 떨어진 곳에 자리한 종남산(終南山의 南五臺山) 훈련장으로 가서 대원들의 훈련을 참관하고 격려했다. 그리고 9일, 제2지대 본부에선 한국광복군을 대표한 김구와 미군을 대표한 도노반 소장이 만나, 적 일본에 대해 한미 연합 작전이 시작됐음을 선언했다. 그리고 대원들에 겐 언제라도 출동할 수 있도록 특별대기령을 하달했다.

광복군 제2지대가 병영으로 썼던 곳은 노야묘(老爺廟)라 불리는 관운장 사당이었다. 지금은 두곡 마을의 쌀 수매 창고인 두곡양참(杜曲糧站)이 들어서 있다.

매송은 1994년 3월에 와서 처음 이 곳을 발견했다고, 일행에게 말했다. 인근에 있는 홍교사란 고찰이 광복군 제2지대가 있던 자리라는 잘못된 정보를 가지고 왔다가, 허탕을 치고는, 그 지역 마을들을 샅샅이 헤매고 수소문한 끝에 찾아 냈다고 했다.

"그때 마을 노파 서너 명이 원두막 같은 곳에서 노시고 계셨어요. 그분들 말씀이, '관운장 사당에는 한동안 2백 명 가까운 사람들이 함께 살았는데, 미국인도 있었지만 주로 조선의 젊은이들이 많았어요. 가끔은 조선인 여자들도 보였고요. 그런데 그들은 동네 주민들하고는 일절 말을 나누지 않았기 때문에, 우리는 그들이 그 안에서 무엇을 하는지 전혀 알 수가 없었지요.' 라고 말씀들을 하시더라고요. 그래서 그 곳이 광복군 병영이 있던 자리란 것을 알았습니다."

매송이 현장 설명을 마치자, 한솔이 물었다.

"그런데, 이 선생님, 오에스에스 훈련을 받고 출동 대기하던 광복군들은 그 뒤 어떻게 됐습니까?"

매송은 한솔의 질문에 금방 대답을 않고 길게 한숨부터 내쉬었다. 그러고는 무겁게 입을 열었다.

"비장한 분위기 속에 출정을 앞둔 쉰 명의 국내 침투 공작대원들은, 한미 양군을 대표한 도노반과 김구가 연합작전을 선언한 지 꼭 하루하고도 반나절 뒤, 환희와 실망을 동시에 느껴야 하는 한 통의 전통을 받습니다. 그것은 허무하게도 전쟁이 끝났음을 알리는 것이었습니다."

좀더 자세한 얘기는 다음 유적지에 가서 하겠다고, 매송은 말했다. 그래서 일행은 쌀 창고 마당을 한 바퀴 돌아본 뒤에, 다시 승합차에 올랐다. 그리고 차는 온 길로 떠났다.

일행은 마지막 유적지를 찾아서, 오전에 들렀던 시안성 안으로 다시 들어갔다. 승합차가 도착한 곳은 뜻밖에도 산시성 성정부 청사 정문 앞이었다.

"이 곳은 성정부 청사가 아니오? 여긴 왜…?"

두곡 마을에선 별 말이 없던 교수가 어리둥절해하며 매송한테 물었다. 매송은, 시안엔 우리 나라 사람들이 잘 모르는 독립운동 관련 유적지가 하나 더 있다고 대답했다.

그러는 동안, 기쁨은 손전화로 누군지와 통화를 했다. 잠시 뒤, 성정부 직원으로 보이는 남자가 나타나 기쁨과 반갑게 인사를 나눴다. 기쁨이 그 사람을 일행에게 소개했다.

"제가 다녔던 대학의 선배님이세요. 오늘은 쉬는 날인데도 우릴 위해 일부러 시간을 내 주셨어요."

기쁨의 선배 덕분에 일행은 어렵지 않게 정문 안으로 들어설 수 있었다. 청사 구내는 매우 넓었다. 그 직원은 일행을 뒷마당으로 데려갔다. 거기에는, 사방의 벽은 물론 처마를 떠받친 기둥들까지도 온통 노랗게 칠을 한 단층 목조 기와집 한 채가 서 있었다. 이미 그 곳은 일반인이 함부로 들어올 수 없는 통제된 구역인데도, 그 건물 앞에는 또다시 두 명의 군인이 지키고 있었다.

현재는 지방 문화재로 보호를 받고 있는 빈 집이지만, 전시엔 성주석이었던 쭈싸오쩌우(祝紹周) 장군이 관저로 썼던 건물, 황루(黃樓)였다. 바로 여기서 김구는 일본의 패망 소식을 처음 들었다.

매송은, 지금까지 다녔던 여러 유적지에서 보인 것관 달리, 몹시 애석하고 침통하기까지 한 표정으로, 숙연히 입을 열었다.

"8월 10일 저녁, 광복군 제2지대 시찰을 마친 김구 일행은 이 곳에서 성주석이 베푸는 연회에 참석했습니다. 김구가 1934년 뤄양에 있는 중앙육군군관학교에다 장졔스의 협조로 한인특별대를 두었을 때, 쭈 장군은 그 학교의 주임으로 있었기 때문에, 두 사람은 그때부터 아는 사이가 됐었지요. 그래서 오랜만에 다시 만난 감회에 젖어 서로 부둥켜 안고 기뻐했습니다. 그리고 한참 만찬을 하는 중에, 어디서 전화가 왔

다고 하자, 성주석은 전화를 받으러 잠시 방을 나갔습니다. 그리고 이
내 돌아와서 하는 말이, '일본이 항복했어요! 지금 충칭에서 전화가 왔
는데, 일본이 포츠담선언을 수락했답니다!' 그러질 않았겠어요. 그런
데 그 말을 들은 김구 주석께선 기뻐하기보다 오히려 눈물을 흘렸습니
다. 너무나 아쉽고 분해서 흘린 피눈물이었지요. 무슨 말이냐 하면, 우
리 광복군이 이 전쟁에서 조금이라도 피를 흘려야 우리 겨레도 전후
처리를 하는 과정에서 참전국으로서 마땅한 권리를 갖게 되는데, 그것
이 수포로 돌아간 때문이지요. 임시정부가 그토록 기대하고 희망을 걸
었던 한미합작의 특공작전이 막 전개되려는 시점에서, 우리 광복군은
이제 싸울 대상이 없어진 것입니다. 그러니 평생을 조국 광복에 헌신
하고 분투해 온 노애국자의 마음이 얼마나 허망했겠습니까? 만약에 일
본이 조금만 더 늦게 항복을 했다면, 아니 한미합작의 특공작전이 조
금만 더 일찍 전개돼 우리 광복군이 한반도 서해안에 잠입하고 이어
미군이 상륙했다면, 아마도 우리 나라는 지금처럼 남북으로 갈라지지
않았을 것이고, 같은 겨레끼리 서로 총질을 하는 비극도 일어나지 않
았을 것입니다."

　매송의 목멘 소리는 떨리기까지 했고, 눈가에는 눈물이 괴었다. 오
사야항 청사 유적지에서도 흘리지 않았던 남자의 눈물을…! 그 모습을
훔쳐보는 내리의 코끝도 시큰해졌다. 망명정부의 최고 수장인 김구 주
석이 느꼈던 그때 그 통한의 심정을, 내리 자신도 조금이나마 느낄 수
가 있었다.

　1945년 8월 15일, 일본왕은 세계를 향해 항복을 선언했다. 그것은
제2차 세계대전이 완전히 끝났다는 것과, 일제가 서른다섯 해 동안 무

단 점령했던 한반도가 주권을 되찾는다는 선언이기도 했다. 중국에 한국의 망명정부가 수립된 지 정확히 26년 4개월 만의 일이었다.

9월 3일, 임시정부는 서둘러 당면정책을 발표했다. 새 정부는 반드시 독립국가, 민주정부, 균등사회를 원칙으로 해야 하며, 과도정권이 들어설 때까지는 임시정부를 유지한다는 게 요지였다. 모두 14개 조항으로 이뤄진 이 정책에는 특히, '독립운동을 방해한 자와 매국적에 대해서는 공개적으로 막중히 처분할 것.' 이란 내용이 포함돼 있었다.

임시정부가 대한민국이 나아갈 길을 국내외에 천명한 지 며칠 뒤에 서울에 진주한 미군은, 삼팔선 이남에 한해 군정에 들어갔고, 충칭에 있는 한국 망명정부를 주권기관으로 인정하지도 않았다. 평생을 오로지 이 날만을 위해, 대가족을 이끌고 때로는 혈혈단신으로 중국 대륙을 떠돌며, 27년 간 망명정부를 지탱해 온 독립지사들에게, 미군정 당국의 이러한 결정은 분노와 통한이 됐다.

임시정부 요인들은 두 차례로 나눠 귀국했다. 먼저 1진으로, 김구 주석과 김규식 부주석 등 여섯 명의 요인과 그 밖에 가족, 수행원을 포함해 모두 열다섯 명이, 11월 5일 충칭을 떠나 상하이를 거쳐, 11월 23일 꿈에 그리던 고국 땅 서울에 도착했다. 그리고 2진으로 중국을 떠난 나머지 요인 열네 명과 수행원 다섯 명은 12월 1일 고국 품으로 들어섰지만, 날씨 사정으로 옥구비행장에 착륙해서, 논산에 있는 한 여관에 묵은 뒤, 이튿날 김구가 머물고 있는 서울 경교장에 도착했다.

이로써 대한민국 임시정부는 마침내 그리고 온전히 환국했다. 그러나 미군정 당국자 외에 고국의 동포는 아무도 이런 사실을 몰랐다. 1진이 도착했을 때도 그랬고, 2진이 도착했을 때도, 군정 당국자들은 국민들에게 이 사실을 즉각 알리지 않았다.

12월 19일, 임시정부 개선 환영대회가 서울운동장에서 열렸다. 망명정부가 돌아온 지 26일 만에, 임시정부 구성원들은 비로소 동포들한테서 뜨거운 환영을 받았다. 강대국들은 인정하지 않았지만, 조국의 3천만 동포는 임시정부 27년의 위업과 노고를 기꺼이 인정한 것이었다.

답사단 일행은 성정부 직원이 열어 준 문을 통해 황루 내부를 들여다봤다. 가운데 넓은 방이 만찬장인 듯싶었다. 지금은 가구 하나 없이 텅 빈 공간에 커다란 기둥들만 몇 개 박혀 있지만, 중국의 현 정부는 자신들의 역사 현장을 새천년에 이르기까지도 잘 보존하고 있었다.

사람들은 일정표에 들어 있는 임시정부 관련 유적지를 예정대로 모두 답사했다는 사실에 스스로 감격해했다. 그리고 그 동안 현지 설명과 안내를 잘 해 준 매송과 기쁨에게 박수를 보내 감사의 뜻을 표시했다.

일행이 호텔로 돌아왔을 때, 접수대 뒷벽에 걸려 있는 시계 일곱 개 가운데 하나가 5시를 가리켰다. 호텔을 들고날 때마다 접수대 벽시계와 자기 시계를 대조해 보는 게 버릇이 된 내리가, 매우 홀가분한 목소리로 말했다.

"오후 다섯시라! 이제부턴 정말로 진짜 자유 시간이네!"

그러자 곁에 있던 한솔이 그 말을 받았다.

"자유 시간이라니요, 누나? 우린 필수과목만 이수했지, 아직 선택과목은 남아 있다고요."

"응, 그것도 말이 되네. 그럼 한솔 씬 어떤 과목을 신청할 거유?"

한솔이 잠시 머뭇거리자, 기쁨이 끼어들었다.

"시안에서 가장 인기 있는 교양 필수 과목이 하나 있어요. 그런데 이

를 어쩌죠? 이미 수강 신청자가 넘쳐 두 사람밖에는 더 못 받는다는
데…."

기쁨의 말 속에 숨은 뜻을 이내 알아차린 내리가, 눈으로는 웃으면
서도 입으로는 짐짓 시샘을 떨었다.

"알았어요, 기쁨 씨. 그럼 난 일찌감치 그 강의 포기할 테니, 두 사람
이나 잘 해 봐요."

그러고는 승강기 쪽으로 달려갔다. 다른 사람들은 이미 다 탔고, 세
사람을 기다리고 있었다. 그들은 한솔과 기쁨을 향해 빨리 타라고 손
짓을 했다. 그러나 막 문 안으로 들어선 내리가 얼른 닫침 단추를 눌러
버렸다.

어이가 없어 서로 쳐다보며 웃음을 터뜨리는 한솔과 기쁨은 별 수
없이 다음 승강기를 기다려야 했다. 주변이 조용해지자, 한솔이 먼저
입을 열었다.

"그런데 기쁨 씨, 시안에서 가장 인기 있는 과목이란 게 대체 뭐예
요? 학교 강의를 뜻하는 게 아니란 건 나도 알겠지만 말이에요."

"정말 모르겠어요? 강좌 이름은 국제데이트학…, 오늘 저녁에 시간
낼 수 있죠?"

"그럼요! 내고말고요!"

"좋아요. 저녁 식사도 우린 따로 하는 거예요. 가이드 전문가인 내가
다 알아서 준비해 놨으니까, 한솔 씬 그냥 나오기만 하면 돼요. 그리
고…"

그 때였다. 한 젊은 여자가 어디선지 쪼르르 달려오더니, 다짜고짜
로 한솔의 등 뒤에서 양 손으로 한솔의 두 눈을 가리며 소리쳤다.

"내가 누구…?"

깜짝 놀란 한솔이 얼떨떨해서 대꾸를 못 하는데, 그 여자를 먼저 알아본 기쁨이 놀라움에 입을 벌렸다.

"어머, 난희 씨!"

그제서야 손을 떼고 한솔 앞에 모습을 드러내는 사람은, 한솔의 여자 친구 서난희였다. 그의 두 번째 깜짝 등장을 전혀 예상하지 못했던 한솔은 한참 입만 벌린 채 말을 못 했다.

"너, 얼굴이 좋은 걸 보니 여행이 아주 좋았나 보네. 참, 기쁨 씨도 잘 지내셨죠? 반가워요."

난희가 먼저 두 사람한테 인사를 했다.

"언제 오셨어요, 난희 씨? 오실 거면 미리 연락하시지 않고…?"

기쁨이 인사를 받았다.

"호텔에 두시에 도착했어요. 노곤해서 깜박 잠이 들었는데, 그 때 들돌아오셨나 봐요. 하마터면 마냥 로비에서 기다리고 있을 뻔했어요."

난희가 졸음이 싹 가신 눈을 반짝이며 말했다.

"며칠 남았다고 그 새를 못 참아서 또 온 거야? 회사는 또 어떡하고?"

승강기 안에서 한솔이 난희한테 조금 짜증스럽게 물었다.

"응, 하루 또 결근계 냈지 뭐. 내일 너하고 함께 돌아가려고 말야."

난희는 한솔의 기분은 개의치 않고 제 할 말만 했다.

"뭐어? 우린 내일 돌아가지 않아!"

"무슨 소리야? 4월 11일 월요일 서울 도착, 분명히 일정표에 그렇게 나와 있어."

난희는, 답사단이 원래 일정대로 귀국하는 줄 알고, 왕복 항공권을 사 가지고 온 것이다.

"떠나기 전에 고구려여행사에 전화라도 해 보지 그랬어?"

한솔은 짜증이 또 나려고 하는 걸 가까스로 참았다. 그러는 동안 기쁨 쪽으로는 얼굴을 돌리지 않았다. 아니 돌릴 수가 없었다.

승강기가 멎고 세 사람은 복도로 나왔다. 기쁨은 한솔과 약속한 저녁 데이트를 이미 단념한 듯, 별 내색 않고, 난희를, 순례가 혼자 들어 있는 방으로 안내했다.

"난희 씨, 오늘 밤은 김 여사님과 함께 주무세요. 그래도 되겠죠? 그리고 저녁 식사 시간은 여섯시 반이니까, 김 여사님하고 식당으로 내려오세요. 한솔 씨도 지금은 좀 씻으셔야 할 테고요. 시안도 요즘엔 각종 공해로 도시 공기가 깨끗칠 않거든요."

문 두드리는 소리를 듣고 순례가 밖으로 나오자, 기쁨이 난희를 소개했다. 이미 상하이에서도 한 번 본 적이 있어, 난희는 스스럼없이 순례를 따라서 방으로 들어갔다.

복도에 둘만 남자, 한솔은 큰 죄라도 지은 사람처럼, 기쁨 앞에서 눈길을 들지 못했다.

"미안해요, 기쁨 씨."

"괜찮아요. 오늘 저녁은 내가 양보할게요. 난희 씬 내일 돌아가잖아요? 그러니까, 오길 잘했구나 생각하게끔 잘 대해 주세요."

그러고는 손가방에서 메모지를 꺼내 뭐라고 적은 뒤에, 그것을 한솔의 손에 쥐어 줬다.

"이게 뭐예요?"

"한솔 씨와 난희 씨가 오늘 저녁 데이트할 장소예요. 우리 호텔 건너편에 있으니까, 걸어가도 돼요. 일곱시까지 가야 저녁을 먹을 수 있어요. 대부분 손님이 외국사람이라서 양식을 줄 거예요. 식사가 끝나면

공연이 있어요. 시안에서 한 번은 꼭 들어야 할 교양 필수 과목이지요. 여섯시 반에 일단 호텔 식당으로 내려 오셔서, 다른 분들께 난희 씨 왔다고 인사 시키고 곧장 가세요. 알았지요?"

그러고는 이번엔 자기 여권을 꺼내 주며 말을 이었다.

"매표구에 제 여권을 보이고 예약했다고 하면, 입장권 두 장을 줄 거예요. 전화로 은행 송금까지 마친 거니까, 돈은 지불하지 않아도 돼요."

기쁨은 해야 할 말을 차분하게 다 하고는, 부리나케 자기 방 쪽으로 걸어갔다. 혼자 복도에 남은 한솔은 어리둥절한 눈으로, 기쁨이 주고 간 메모지와 여권을 들여다봤다. 메모지엔 한자로 '唐樂宮'(당락궁)이라 적혀 있고, 그 아래엔 간단한 약도가 그려져 있었다.

온누리소식에 마지막으로 보낼 기사를 작성하던 내리는, 방으로 들어오는 기쁨의 얼굴빛이 좋지 않음을 이내 알아차렸다.

"기쁨 씨…! 왜 그래요? 무슨 일 있어요?"

기쁨은 대꾸도 않고 경대 앞으로 가서 의자에 털푸더기 주저앉았다. 심상치 않은 그 모습에 내리는 말도 더 못 붙이고 그냥 바라만 봤다. 그렇게 십 분 정도 꼼짝을 않던 기쁨이 마침내 마음 정리를 한 듯, 내리를 향해 돌아앉았다. 얼굴은 들어올 때보다 많이 편해 보였다. 하지만 눈가에는 이슬이 한 방울 맺혀 있었다.

"서울서 난희 씨가 왔어요."

기쁨이 담담하게 말했다.

"난희 씨…? 아, 그…!"

"네. 맞아요. 상하이에서 본… 한솔 씨 친구……."

내리는 갑작스런 상황 변화에 잠시 어지럼증을 느꼈다. 그러나 이

내, 기쁨이 느꼈을 실망과 아픔이 자기 것으로 다가왔다. 그래서 가만히 다가가 언니처럼 그를 가슴에 안고 다독였다.

기쁨은 그 동안 내리가 몰랐던 일들을 털어 놨다. 은근히 질투심이 강한 난희는, 지난번 상하이에 왔을 때, 실은 한솔과 내리가 친해질까 걱정을 하고선, 자기한테 두 사람을 잘 감시해 달라고 부탁을 하고 돌아갔다고 했다. 그런데 어쩌다가 지금은, 감시는커녕 오히려 자기가 한솔을 좋아하게 돼 버렸다며…, 기쁨은 울먹거렸다.

"고양이한테 생선을 지켜 달라고 한 꼴이었구먼!"

기쁨의 고백을 다 듣고 난 내리가 웃으면서 말했다.

"그러게 말이에요."

기쁨도 자조적인 웃음을 입가에 띠며 대꾸했다.

내리는 진정으로 기쁨을 위로하고 싶었다. 그러나 당장은 적절한 말이 쉽게 떠오르질 않았다.

"동족이라지만 우린 분명히 다른 나라 사람들이에요. 잠시 제가 내 처지를 잊고 먹어선 안 될 마음을 먹었어요. 지금 생각하니 과욕이었고, 난희 씨한테도 죄를 지은 것 같네요."

"난희 씨한테 미안한 생각이 든다는 건 그렇다 쳐도, 과욕이란 말은 어울리지 않아요."

"아니에요. 저와 한솔 씨가 잠시나마 서로 호감을 가졌던 것은 어디까지나 여행사 직원과 고객의 자리에서 그랬던 것에 불과해요. 하지만 다른 관계로, 대등한 신분에서 한솔 씨 같은 사람을 다시 만나게 된다면, 그 땐 절대로 양보하지 않겠어요. 그런 기회가 혹시라도 저한테 또 온다면 말이지만요."

"그럼, 오고말고요! 반드시 또 올 거예요!"

내리는 그제서 기쁨한테 가장 격려가 될 말을 찾아 낸 것 같았다.

저녁 7시, 일행이 호텔 식당에서 저녁 식사를 하고 있을 무렵, 한솔과 난희는 당락궁에서 서양식의 저녁 식사를 하고 있었다.

당락궁은 당 왕조의 전통가무를 감상할 수 있는 극장식 고급 식당으로, 주로 외국 관광객을 상대로 영업을 하고 있는, 시안의 대표적 유흥 명소였다.

식사가 끝나자, 종업원들이 그릇을 치우고 커피나 녹차 같은 음료수를 가져다 줬다. 그러고 나자, 전면에 마련된 넓은 무대 위에선 곧바로 공연이 시작됐다. 천여 년 전 당(唐)시대의 영화를 반영하는 고대 궁중 음악과 춤이, 빈 자리 하나 없이 좌석을 꽉 채운 관객들의 눈길을 차츰 사로잡아 갔다.

이국적인 극장 분위기와 환상적인 무대는 난희의 넋을 이미 반쯤 빼앗았고, 한 달 동안 못 본 남자 친구하고 이런 곳에 함께 와 있다는 사실은 남은 넋까지도 거의 소진시켰다.

그러나 한솔의 경우는 그렇지가 않았다. 언제부터인진 모르지만, 이런 곳을 구경시켜 주기 위해 바쁜 일정 속에서도 준비하고 애를 썼을 기쁨을 생각하면, 음식도 잘 넘어가지 않았고, 의자는 가시 방석이었을 뿐, 무대에 빠져들 수가 없었다. 그래서 공연 내용은 거의 기억에 남지 않았다. 다만 하나 남은 게 있다면, 들어올 때 얼핏 본, 고액의 입장료가 적힌 매표소 안내판이었다.

그렇게 두 시간을 극장 식당에서 보내고, 밤 9시쯤 밖으로 나온 두 사람은 팔짱을 끼고 중국의 밤거리를 걸었다. 시안의 밤 공기는 가라앉아 있었지만, 항구 도시처럼 습하지는 않았다.

난희는 정말 오길 잘 했다 싶었다. 올부터 회사에서 생리휴가제가 실시된 덕분에 거의 한 달 사이로 두 번이나 결근을 할 수 있었던 것도 행운이고, 그 바람에 남자 친구와 해외여행을, 비록 짧은 시간이지만, 두 번이나 할 수 있었다는 것도 행운이었다. 게다가 정말 무엇보다도 다행스럽고 기쁜 일은, 여행 중에 바람둥이 한솔이 사고 안 치고 잘 지낸 것 같다는 사실이다. 상하이에 처음 발을 디뎠을 때부터, 연상이라고는 하지만 내리란 매력적인 여자와 함께 그가 어울려 다니는 게 은근히 불안하고 걱정이 됐던 난희였었다. 그래서 서울로 돌아가기 전, 조선족 안내인인 기쁨한테 둘 사이를 잘 감시해 달라고 특별히 부탁을 했었는데…, 그 착한 조선족 아가씨가 자신의 임무를 아주 잘 수행해 준 덕분인 듯했다.

'내일이라도 잊지 말고, 떠나기 전에 가이드 아가씨한테 고맙단 인사를 꼭 해야지.'

난희는 마음 속으로 굳게 다짐했다. 그만큼 난희는 한솔을 좋아했다. 한솔 또한 자기를 그만큼 좋아하는지 여부는, 난희한텐 그리 중요하지가 않았다. 유치원 때부터 시작된 둘의 관계는 지금까지, 한솔이 군대에 가 있을 때만 빼고는, 늘 그런 식이었고, 앞으로도 크게 달라지지는 않으리란 걸, 영리한 난희는 이미 잘 알고 있었다.

어쨌거나 이 날 난희의 느닷없는 등장과 돌출 행동은 예기치 않았던 사태를 답사단 내에 불러 오는 실마리가 되고, 그것은 결국 엄청난 파장으로 발전해, 13일 귀국 예정인 답사단의 마지막 일정까지도 한때 확신할 수 없게 만들어 버린다.

20
(시안) 카바이드 호롱불

"당락궁 공연 어땠어요?"

월요일 아침 식사 시간, 매송이 난희한테 물었다.

"선생님, 정말 환상적인 무대였어요! 두고두고 잊지 못할 거예요. 간밤에 잠자리에 누워서도, 제가 여기 오길 참 잘 했다는 생각을 수없이 했으니까요."

조금은 호들갑스럽게, 난희는 전날 밤에 느낀 행복감을 사람들 앞에서 자랑했다. 그러면서 흘깃 한솔을 쳐다보는데, 이 아침에 기쁘고 눈도 제대로 못 맞춘 한솔은 영 죽을 맛이다. 그 때 눈치 없는 매송이 불쑥 또 한 마디를 하는데,

"시안을 찾는 외국 관광객들한테 워낙 인기가 많다 보니, 당일엔 입장권을 살 수 없는 데가 바로 거기라오."

"아, 예… 선생님…!"

순간 난희의 얼굴빛이 예민하게 변했다.

'내가 온다는 얘길 미리 한 적이 없는데, 그럼 어떻게…? 혹시 다른 여자하고 가려고…?'

난희의 급변한 표정을 읽은 한솔이 먼저 당황하기 시작했다.

"난희… 그게 아니고…"

구원 투수는 있었다.

"이럴 줄 알았으면 그 입장권 양보하지 말 걸 그랬나 봐요. 너무 샘이 난단 말이에요. 한솔 씨, 내 여권이나 돌려 줘요, 어서."

영특한 기쁨이 조금 퉁명스럽게 말했다. 그러자 다들 무슨 소린지 해서 기쁨을 쳐다봤다. 그제서 기쁨의 의도를 알아챈 한솔이 얼굴을 활짝 펴며 목소릴 높였다.

"아, 참! 깜박했어요. 미안해요, 기쁨 씨."

한솔이 주머니에서 여권을 꺼내 기쁨한테 돌려줬다. 기쁨이 받으며 말했다.

"실은요, 내리 언니하고 저하고 둘이서 보려고, 엊그제 충칭에서 제가 예약을 했거든요. 제 이름으로요."

내리도 거들었다.

"맞아요, 난희 씨. 우리가 두 분을 위해 양보한 거예요."

난희의 가슴에 잠시 스쳤던 의혹의 그림자는 그렇게 해서 말끔히 사라졌다.

"저 말입니다, 혹시 오늘은 안 될 테고, 내일 저녁에 말입니다. 당락궁 구경 가실 분 안 계세요? 제가 초대하겠습니다."

주승이었다. 그의 제의에 순례와 길남이 기꺼이 응했다. 교수와 매송은 전에 봤다고 했고, 내리와 기쁨은, 혼자 호텔에 남게 될 한솔을 위해 다음 기회로 미루겠다고 했다. 난희도 두 여자가 다 남는다는 말에 안도하는 눈치였다.

매송은, 덤으로 얻은 이틀을 어떻게 보낼 것인지, 사람들한테 물었다. 그래서 모아진 생각은, 이 날 오후는 함께 다니고, 마지막 날은 개인 별로 자유롭게 보내자는 것이었다.

식사가 끝나자, 기쁨은, 주승을 대신해 당락궁 예약도 하고, 출국 날짜가 바뀐 새 항공권을 받으러 그 항공사의 시안 지점을 들르기 위해, 혼자서 외출했다.

난희는 내리를 따라 내리 방으로 올라갔고, 한솔은, 여행 중에 찍은 비디오를 보고 싶다는 난희의 청에 따라, 기재를 가지러 자기 방으로 갔다.

난희가 탈 비행기의 출발 시간은 오후 1시 40분, 따라서 호텔 앞에서 오전 11시에 떠나는 공항버스를 타면 되기 때문에, 세 사람은 그 때까지 비디오를 보기로 했다.

카메라와 촬영한 테이프들을 가지고 내리 방으로 들어온 한솔은, 시간이 많지 않으니, 광쩌우 항구 출발 촬영분부터 보여 주겠다고 했다.

이윽고 텔레비전 화면을 통해, 류쩌우로 가는 여객선 갑판에서 찍은 주강의 밤 풍경이 나타났다.

"와아! 근사해!"

방송 화면보다 훨씬 선명한 화질에, 두 여자가 탄성을 질렀다.

화면에선, 여객선 갑판에서 노래 부르는 기쁨과 내리의 모습도 보였지만, 두 여자가 함께 있어선지, 난희는 별 내색을 하지 않았다.

72굽잇길은 화면으로 보는 데도, 처음 직접 볼 때 느꼈던 경이로움과 감동이 내리의 가슴 속에서 새삼 꿈틀거렸다.

"저기가 어디예요?"

난희도 굽잇길의 장관 앞에서 벌어진 입을 다물지 못했다.

"저건 말이지, 대한민국 임시정부와 그 대가족이 마지막 피난지인 충칭을 향해 이동할 때 넘은 산길이야. 그런데 재미있는 사실은, 저 고갯길이 구부러지기를 일흔두 번이나 한다고 해서 '72' 굽잇길이라고 하는데, 그 숫자를 뒤집어 보면 '27' 이잖아? 왠지 내겐 그게 임시정부 이십칠 년 역사를 상징하는 것도 같아."

한솔이, 지금까지 아무도 언급한 적이 없는 묘한 비유법으로 굽잇길을 설명했다. 내리한테도 그것은 매우 흥미로운 발상이라는 생각이 들었다.

텔레비전 화면에서는 굽잇길이 반복해서 계속 나왔다. 한눈에 다 들어오게 광각으로 찍기도 했고, 때로는 구석구석이 잘 보이도록 망원으로 찍었다.

그런데 이번에는 카메라를 왼쪽에서 오른쪽으로 이동하며 찍은 장면이 나왔다. 마음에 안 차서 그랬는지, 반복 촬영을 한 비슷한 장면이 되풀이되고 있었다.

"많이도 찍었네. 작품 만들어도 되겠어."

난희가 말했다.

"그렇지 않아. 저래도 막상 편집을 하게 되면, 쓸 만한 게 많지 않다구."

한솔이 말하는데, 지금까지 화면에 빠져 있던 내리가 갑자기 허리를 곧추세우며 소리쳤다.

"잠깐! 지금 막 지나간 데, 다시 한 번 봐요!"

"왜요, 뭐가 잘못됐어요?"

한솔이 카메라의 멈춤 단추를 누르며 말했다.

"좀 이상한 게 있어요. 똑같은 장소인데, 앞에선 안 보이던 게 다시 찍은 장면에선 보였어요."

"그럴 리가…!"

한솔이, 먼저 찍은 것과 나중에 찍은 것을 반복해서 화면에 띄웠다.

"멈춰요! 바로 거기야!"

텔레비전 화면에 비친 두 장면에는 분명히 다른 것이 있었다. 둘 다 왼쪽에서 오른쪽으로 카메라를 움직이며 똑같은 대상을 똑같은 방식으로 찍은 것인데, 촬영을 끝내는 순간에 잡힌 모퉁이 길바닥에서, 먼저 찍은 것에는 없는 것이 나중에 찍은 것 속에는 들어 있었다.

"저게 뭐지?"

산길이 모퉁이를 돌며 사라지는 곳에, 비죽이 나와 있는 괴물체는 쉽사리 자신의 정체를 드러내지 않았다. 내리는 사람 다리 같다고 했고, 난희는 썩은 나무 토막 같다고 했다.

결론은 나지 않았고, 그게 뭐 그리 중요하냐는, 난희의 핀잔조 말에 잠시 중단됐던 시사회는 재개됐다. 그리고 충청 변두리 토교 마을로 답사단이 걸어 들어가는 장면이 화면을 채우기 시작할 때, 외출했던 기쁨이 돌아왔다.

"난희 씨, 아직 안 떠나셨네요?"

"지금 오세요, 기쁨 씨? 친구가 찍은 비디오 보고 있었어요. 어머! 벌써 시간이 이렇게 됐네! 한솔아, 그만 나가야겠다."

비디오 감상은 거기서 끝이 났다. 그리고 난희는 시간에 맞춰 호텔 앞에 도착한 공항버스에 올랐다. 한솔이 공항까지 함께 가서 전송하겠다는 것을, 난희는 굳이 말리고 혼자 떠났다.

기쁨은 답사단 일행을 해방로에 있는 한국식당으로 데리고 갔다. 서울 사람이 하는 데라서 음식 종류나 맛이 서울과 같았다. 불고기는 한국에서 가져온 한우 쇠고기를 쓰기 때문에, 값은 좀 비싸도 맛이 좋다고, 주인이 자랑했다. 기쁨은 자기 고향 사람들이 만들어 파는 냉면보다 서울식 냉면이 더 맛이 있다고, 냉면을 시켰다.

세계 4대 문명 고도로 일컬어지는 중국 땅 시안에는 각종 문화 유산과 명승 고적이 많다. 역사적으로 가장 번성했던 당나라 때는 인구가 백만을 넘는 대도시를 이뤘고, 동양과 서양의 문화 교류에 중요한 구실을 했던 비단길(실크 로드)의 기점 도시가 되기도 했다. 그러나 당나라가 쇠약해지면서 이 곳도 덩달아 쇠퇴해 갔다.

그런데 천 수백 년 전, 말도 다르고 물도 설은 이 곳에 불법을 구하기 위해 수많은 한국인 승려가 찾아왔다. 그 가운데 일부가 당나라 수도였던 장안에 머물며, 명산 종남산에 터를 잡았다.

점심 식사를 끝낸 일행 여덟 명은, 순례의 제안에 따라, 이 지방에 산재해 있는 신라 사적지를 몇 군데 돌아보기로 했다. 중학교 교사 출신인 순례는 이런 기회가 올 것에 대비해 관련 자료를 조금 챙겨 왔다며, 자진해서 안내를 맡았다.

가장 먼저 가기로 한 홍교사는 관광지도에도 잘 나와 있고 또 전날에 답사했던 장안현 두곡진에 자리잡고 있기 때문에, 특별히 길 안내자는 필요 없었다.

일행을 태운 승합차는 두곡마을을 지나 십 리쯤 더 가다가, 안내판이 있는 곳에서 왼쪽으로 난 작은 길로 꺾어 들어갔다. 이내 야산의 비

146

탈길이 나오고, 그리로 올라가자, 흥교사의 산문인 호국문(護國門)이 먼저 눈에 들어왔다. 그 곳이 바로, 불경을 얻으러 인도에 다녀온 현장법사의 사리탑이 있어 유명해진, 고찰 흥교사(興敎寺)였다.

현장은 645년 인도에서 불경 6백여 부를 가지고 장안으로 돌아왔다. 이때 당의 승려인 도선과 신라 승려인 원측, 신방, 승장이 모여들어 현장의 제자가 됐다고, 순례가 수첩을 꺼내 보며 설명했다. 특히 원측은 방대한 저술과 역경 사업을 통해 중국 불교의 발전에 뛰어난 발자국을 남겼기 때문에, 그의 사리탑(圓測塔)이 오늘날까지 현장법사탑 바로 옆에 나란히 서 있는 것 같다고, 순례는 몹시 감개무량한 어조로 말했다.

일행은 다음 답사지가 있는 종남산을 향해 다시 승합차에 올랐다.

빼어난 절경으로도 유명한 종남산(終南山)은 시안의 남쪽에 있다. 지기가 왕성한 때문인지, 한 세월 많은 고승과 신선, 은거자들을 불러모은, 중국 불교와 중국 도교의 성지이기도 하다.

그런데 특이한 것은, 옛 서적이나 전설, 지명 등을 근거로 해서 볼 때, 종남산에 있는 일곱 개 골짜기 가운데 한 군데를 뺀 나머지 여섯 개 골짜기에서 터를 잡고 있던 상징적인 인물들이 모두 신라사람이라는 점이다. 다시 말해 이것은, 중국 고대 정신세계의 중심지였던 종남산을 지킨 사람들이 중국인이 아니라 바로 한국인이었다는 뜻이다.

두곡진에서 남서쪽으로 10킬로미터쯤 달리니, 종남산 자락에 있는 자오진(子午鎭) 마을이 나왔다. 여기서 천자곡(天子谷) 골짜기로 올라가면, 신라 때 고승 의상이 머물며 공부했던 사찰 지상사가 나오고, 자오곡(子午谷) 골짜기로 들어가면, 신라 왕자 출신의 도인 김가기의 행적을 기록한 마애석각을 볼 수 있다. 의상과 김가기…, 이들도 종남산의 일곱 골짜기를 지켰던 터줏대감들 가운데 두 사람이다.

주민에게 묻고 안내판을 보면서, 자동차는 천자곡 산길을 십여 분 올라가, 새로 지은 지 몇 해 안 돼 보이는 사찰의 산문에 닿았다.

지상사(至相寺)는 수(隋)나라 때 창건돼 당나라 때 크게 융성했지만, 근래엔 사찰다운 건물도 없이 오랫동안 명맥만 유지해 왔었다. 원래 이 절은 화엄경을 주요 경전으로 삼는 중국 화엄종의 조정이었으며, 2 대조인 지엄(智儼)이 주석했었다. 그리고 신라에서 유학 온 의상(義湘) 이 이 곳에서 8년 간 머무르며, 지엄한테서 화엄학을 배웠다. 귀국해서 는 소백산맥 줄기에 있는 경상북도 영주에 부석사를 창건해, 해동 화 엄종을 열었다.

일행은 사찰 경내를 찬찬히 둘러보고 사진도 찍었다. 순례는 불교 신자가 아니라면서도, 법당의 부처상 앞에선 합장으로 예를 갖췄다.

지상사에서 다시 자오진 마을로 내려온 일행은 거기서 5킬로미터쯤 떨어진 칠평리(七坪里)로 가서 촌장 집부터 찾았다. 홍교사나 지상사 같은 고찰은 안내판이 곳곳에 있어 찾아가는 데 별 어려움이 없었으 나, 이 곳은 그렇지가 못했다. 다행히 촌장을 만나 그의 안내를 받을 수 있었다. 일행은 5백 미터쯤 산길을 걸어서 올라갔다. 그리고 마침내 물 이 흐르는 골짜기에서 마애석각을 발견했다.

위쪽에서 굴러 내려온 것으로 보이는, 커다란 화강암 바위 하나가 하늘을 향해 물가에 누워 있는데, 그 윗면에 신라 왕자 김가기의 행적 을 기리는 한문 글이 또렷이 새겨져 있었다.

그 시절 당나라에 온 신라인들 가운데는 법을 구하러 온 승려들 말고 도 유학생들이 아주 많았다. 그 가운데 대표적인 인물이 김가기였다.

기록과 전설에 따르면, 김가기(金可紀)는 8세기 말 당나라에 유학을 와 과거에 급제하고, 학식과 문장으로 이름을 떨쳤다. 잠시 신라로 돌아갔다가 다시 와서는 도술을 닦았고, 종남산 자오곡에 터를 잡았다. 이 곳에서 화초를 키우며 은둔 생활을 하다가, 859년 옥황상제의 부름을 받고 홀연히 승천했다.

외국인으로는 유일하게 중국인들한테서 진선으로 추앙받고 있는 전설적인 도인 김가기. 한솔은 그의 혼백이 여전히 떠돌고 있을 것만 같은 주변 산세와 지형을 함께 넣어, 바위와 글씨를 비디오 카메라로 자세히 촬영했다.

교수는 탑본할 준비를 하지 못한 것을 아쉬워했고, 매송은 이렇게 대단한 유물을 볼 수 있게 해 준 순례한테 고맙다고 말했다. 그러자 순례는 자신이 앞장 선 이 날의 특별한 일정이 임시정부 유적지 답사 못지않게 유익했다며, 이런 말을 덧붙였다.

"그 시절 일본인 스님으로서 중국을 여행한 사람은 엔닌(円仁)이라는 구법승 한 사람 정도였는데 반해, 우리 나라 스님들은 수도 없이 와서 공부도 하고 현장법사를 도와 불경을 번역하는 등 활약이 참으로 엄청나더군요. 이렇게 자랑스런 조상들의 행적이 여기 종남산 도처에 있는데도, 시안을 찾는 우리 나라 관광객 대다수는 중국 사적지나 구경 다니고 있으니, 정말 안타까운 일이에요."

이 말에 주승이 모처럼 한 마디 했다.

"김 여사님의 말씀을 듣고 보니, 정말 우리 조상님들이 존경스러워지는군요. 새삼 배달겨레로서 긍지를 느낍니다."

한솔도 카메라의 전원을 끄며 끼어들었다.

"언제 또 기회가 되면, 시안에 다시 와서 오늘 마저 보지 못한 종남산 골짜기들을 다 가 보고 싶어요."

기쁨도 거들었다.

"그럴 게 아니고, 시안에 있는 고대 한인 유적지만을 답사하는 여행 단을 한번 구성해 보지 그래요? 그 땐 저도 참가하고 싶으니까 꼭 불러 주시고요."

기쁨의 제안에, 한솔이 기다렸다는 듯 맞장구를 쳤다.

"그거 아주 좋은 생각이군요. 추진하지요, 뭐. 그 대신 혹시라도 다른 사람들이 먼저 그런 여행단을 조직하고서, 기쁨 씨한테 안내를 부탁하 게 되면요, 기쁨 씬 즉각 나한테 알려 줘야 해요. 알았어요, 기쁨 씨?"

한솔의 넉살에 다들 웃었다. 아니 두 사람만은 웃지 않았다. 그 중 한 사람은 귀국 날이 가까워지면서 얼굴에서 그늘이 더욱 짙어가는 길남 이고, 또 한 사람은 내리였다.

물론 내리가 이들의 말에 공감을 하지 않는 건 아니었다. 다만 그의 머릿속에는, 종남산 답사 내내 그를 따라다니며 성가시게 한 다른 생 각이 더 크게 자리를 잡고 있었기 때문에, 갑자기 웃을 수가 없었을 뿐 이었다.

승합차로 한 시간 남짓 걸려 호텔로 돌아오자, 충칭에 있는 민규한 테서 전화가 걸려 왔다. 기쁨은 공동 답사의 마지막 일정을 잘 끝내고 방금 호텔에 도착했다고 보고했고, 민규는 환자의 용태에 대해 설명했 다. 그러고는 전할 말이 하나 더 있다고 말했다.

"황 여사님의 전언이에요. 백 선생님이 일행과 함께 서울로 돌아가 기를 꺼려하시면 충칭으로 오시게 하라고요. 여기서 우리와 함께 있다 가 환자가 돌아갈 때 같이 갈 수도 있고…. 어쨌거나 황 여사님은 현재 어려운 처지에 계신 백 선생님을 돕고 싶으신 모양입니다."

"잘됐어요, 사장님! 그러잖아도 기운이 없으신 백 선생님 때문에 속

상했는데요."

전화를 끝낸 기쁨은 당장 길남의 방으로 달려갔다. 그런데 방에 길남은 없고, 한솔 혼자서 비디오 카메라를 만지고 있었다.

"백 선생님은요?"

"한국에 전화 좀 해 본다고 잠깐 내려가셨어요."

"왜, 방에서 하시지 않고…?"

"내가 있으니까 부담이 되시나 보지요, 뭐. 그런데 왜 그래요, 기쁨 씨?"

"전해 드릴 게 있어서요. 이따 저녁 식사 때 말씀 드릴래요."

"그럼 그렇게 해요, 기쁨 씨."

기쁨이 방을 나가다 말고 되돌아섰다.

"아까 산에서 한솔 씨가 한 말, 진심이라고 믿어도 되죠?"

한솔은 순간, 기쁨이 한 말의 뜻을 알아차리지 못하고 우물쭈물했다. 그러자 가쁨은 마음에 두지 말라는 듯 싱긋 웃었다. 그러고는 한 마디를 더 남기고 방을 나갔다.

"여섯시에 일층 현관으로 내려오세요. 저녁 식사 하러 가게요. 알았죠?"

기쁨이 간 뒤에야, 한솔은 자기가 했다는 말이 생각이 났다.

"아, 이런…!"

6시를 십 분 앞두고, 한솔이 승강기에서 나와 일층 로비로 들어섰을 때, 기쁨은 로비 한쪽에 있는 기념품 판매점 앞에 서 있었다. 한솔이 등 뒤로 걸어오는 줄도 모른 채, 진열장 안에 있는 무언지에 넋이 빠져 있는 기쁨. 한솔이 가까이 다가가 들여다보자, 그것은 녹색 빛이 영롱한 비취가 달린 목걸이였다. 한솔은, 기쁨이 무안해할까 봐, 모른 척하고 슬그머니 현관 쪽으로 걸어갔다.

여섯시가 되자 나머지 일행이 다 모여들었다.

"어디로 갈까요? 한식이 좋으시다면, 점심 먹은 데말고, 다른 한국 식당으로 모시겠어요?"

기쁨이 사람들의 의향을 물었다.

"이제 서울에 돌아가면 싫어도 매 끼니 한식을 먹을 텐데, 여기 시안 음식도 맛 좀 봐야 하지 않겠어요?"

순례가 말하자, 특별히 반대하는 사람이 없었다. 그래서 일행은 호텔 안에 있는 식당 중식부로 들어갔다. 한쪽 허벅지를 드러낸, 붉은색의 중국 전통 의상을 입은 미녀가 그들을 안내해 자리에 앉혔다.

"샤오제 (아가씨), 니 헌 퍄오량! (당신 매우 아름다워요.)"

갑자기 일행 속에서 서툰 중국말이 튀어나왔다. 장본인은 뜻밖에도 답사를 끝내고 호텔로 돌아올 때까지도 혼자만 풀이 죽어 있던 길남이었다. 시안의 미녀는 고맙다며 윙크를 하고 돌아서 갔다. 다들 어떻게 된 일이냐는 듯 길남을 쳐다봤다. 한솔이 대신 입을 열었다.

"백 선생님을 어렵게 만들었던 그 동업자 분이 돈을 갖고 돌아오셨대요. 아까 서울에 통화를 하신 뒤부터 저렇게 싱글벙글하신답니다."

사람들은 입을 벌리며 자기 일처럼 좋아했다.

"잘됐군요! 그럼 이제 마음 편하게 귀국하실 수 있는 거죠?"

주승이 먼저 축하 인사를 했다.

"그럼요! 난 이제 더는 도망자 신세가 아닙니다. 떳떳이 돌아갈 수 있게 됐다고요!"

길남이 밝은 목소리로 화답했다. 정말 그의 얼굴에선, 산에서 돌아올 때까지도 깔려 있던 수심이 말끔히 사라지고, 지금은 어느 때보다 그 얼굴이 훤히 빛나고 있었다.

기쁨이 잠시 망설이다가 민규가 전하는 말을 꺼냈다. 길남은 금희의 따뜻한 마음씨에 감동했는지 아니면 갑자기 그가 보고 싶어졌는지 눈시울을 붉혔다. 그러고는 목이 메어 이렇게 말했다.

"황 여사는 정말 천사입니다. 정식으로 결혼한 남편이 아닌 데도, 인간적인 도리 때문에 그분 곁에 남았잖아요? 그것만 봐도 알 수 있어요. 정말 고마운 분이군요."

그러면서 그는 가만히 한숨을 내쉬었다.

"참, 환자는 어떻다고 하오?"

교수가 물었다.

"환자의 용태는 아직 크게 나아진 것이 없답니다. 어린애처럼 기본적인 말만 몇 마디 할 정도이고, 아직도 거기 계신 두 분을 알아보질 못하신답니다."

기쁨이 대답했다.

"저런! 강민규 사장이야 그렇다 해도, 황 여사까지도 못 알아본대서야… 쯧쯧쯧!"

교수는 안타깝다는 듯 거듭 혀를 찼다. 분위기가 다시 가라앉자, 길남이 호기 있게 입을 열었다.

"자, 그럼 오늘은 제가 술 한잔 사겠습니다. 여기 시안 지방도 특산주가 있겠지요?"

그래서 이 날 저녁 답사단은 중국 8대 명주 가운데 하나로 꼽힌다는, 산시성을 대표하는 술 서봉주(西鳳酒)로 길남의 새 출발을 위해, 그리고 모든 답사가 무사히 끝난 데 대해서 다같이 축배를 들었다.

어른들이 술잔을 주고받기 시작하자, 두 처녀와 총각은 슬그머니 식당을 빠져 나왔다. 셋은 낮에 약속한 대로, 북대가에 있는 야시장으로 갔다.

길가의 가로등이 하나둘씩 기지개를 켜기 시작하면 부나비처럼 모여드는 먹거리 노점상들이, 이미 밤의 성시를 이루고 있었다.

사람살이에서 꼭 필요한 의식주, 그 가운데서 중국사람들이 가장 중요하게 여기는 일 순위는 단연코 먹는 일이다. 과연 북대가 야시장엔 그 말을 입증하듯이 수많은 노점상이 카바이드 호롱불을 밝히고 있었다.

코를 자극하는 강한 향신료와 의심스러운 위생 탓으로, 서양 관광객들은 호기심 어린 눈동자만 굴릴 뿐 선뜻 음식에 입을 대지 못하는 듯했다. 그런 속에서도, 내리와 기쁨, 한솔은 이곳 저곳을 모두 누비며, 즐거운 눈요기와 주전부리를 했다. 저녁 식사는 이미 했지만, 먹음직스럽거나 낯선 음식 앞에선 젊음은 늘 허기가 지는 모양이었다.

"저게 바로 그 유명한 양고기 꼬치구이예요."

잘게 썬 양고기를 쇠꼬챙이에 꿰어 잘 타는 숯불에 굽고 있는 한 노점상 앞에서, 기쁨이 발걸음을 멈추었다.

시안은 파키스탄 간다라 지방과 연결된 비단길의 종착지라서, 눈빛이 이글거리는 회족 사람이 꽤 많이 살고 있다. 그런데 그들은 자신이 믿는 이슬람 교리에 따라, 대다수 중국인이 좋아하는 돼지고기를 먹지 않고 양고기를 주로 먹는다. 그래서 그들이 개발한 시안의 대표적인 야시장 음식이 양꼬치구이다.

워낙 고기 살점이 자잘하다 보니, 한 사람이 수십 꼬치씩 먹게 되는데, 이들 세 명도 맛보기로 한 사람이 열 개씩 손에 쥐었다.

"어때요? 먹을 만해요?"

한꺼번에 꼬치 세 개를 한 입에 훑어 넣은 한솔한테, 기쁨이 물었다.

154

한솔은 순식간에 고기를 씹어 삼킨 뒤 투덜거렸다.

"네. 맛은 있는데, 왜 이렇게 하는지 모르겠군요. 그냥 큼직하게 썰어서 통으로 구워도 되련만…!"

내리가 웃으며 말했다.

"로마에 가선 로마식, 시안에 와선 시안식을 그냥 즐겨 봐요. 그렇게 따지지 말고……."

그 때 노점 주인이, 빈 음료수 상자 위에 놓여 있는 구식 카세트 녹음기의 소리를 높혔다. 녹음기에선 마침 중국 최신 가요가 나오고 있었는데, 아마도 그 회족사람이 좋아하는 노래인 듯했다.

기쁨도 한솔한테 핀잔을 줬다.

"그래요, 한솔 씨. 중국에 와서 왜 저런 노래가 인기가 있는 거냐 물으면 여기 사람들 뭐라고 대답하겠어요? 음식의 관습도 마찬가지지요. 다 그만한 까닭이 있지 않을까요?"

"그렇군요. 여긴 간식류나 술안주를 파는 곳이지 식당이 아니니까, 양고기 스테이크가 있을 턱이 없죠. 그렇죠, 누나?"

그런데 내리의 눈길이 카세트 녹음기에 못박혀 있었다.

"내리 누나 아는 노래예요? 갑자기 왜…?"

"가만…!"

무엇에 홀린 사람처럼 손까지 내저으며 한솔의 말을 가로막는 내리의 표정이 심상치가 않았다. 그의 머릿속에선 갑자기 뇌의 일부 회로가 불꽃을 일으키며 작동하기 시작한 게 분명했다.

이윽고 내리가 소리쳤다.

"그거야! 녹음기!"

기쁨이 무슨 영문인지 모르겠다는 듯 조심스레 물었다.

"녹…음기라니요, 언니?"

"바로 그거였어! 녹음기를 이용하면 의문의 시간 차는 얼마든지 조작할 수 있어!"

내리는 바보처럼 서 있는 두 사람한테 자기가 막 생각한 것을 설명했다. 그러자, 한솔도 그것에 연관된 일이 떠오른 듯 입을 열었다.

"그렇다면 교수님이…?"

"교수님…이라니, 그건 또 무슨 소리야?"

내리가 물었다.

"아니, 지금 우리가 여기서 이러고 있을 때가 아녜요. 빨리 호텔로 돌아갑시다. 가서 이 작가님하고 의논해야 해요. 작가님 앞에서 자세히 말할게요."

그러면서도 한솔은 그 자리에서 움직일 줄을 몰랐다. 그만큼 그의 충격은 컸다. 어느 새 음식 계산을 끝낸 기쁨이 거리 쪽으로 뛰어가며 외쳤다.

"택시이!"

21
(시안) 덫

귀국을 하루 앞둔, 중국 여행 마지막 날 아침, 임시정부 유적지 답사단은 개인별 자유 시간을 갖기로 했다.

그래서, 이미 두어 차례 시안에 머문 적이 있는 유 교수는, 산시성박물관이나 다시 둘러보겠다며 먼저 호텔을 나갔다. 그리고 당락궁 예약으로 갑자기 가까워진 세 사람… 순례와 주승, 길남은 중국인들이 세계 8대 기적 가운데 하나라고 자랑하는 진시황 병마용 박물관과 양귀비가 목욕하던 연못이 있다고 해서 유명한, 역대 제왕의 행궁 별장 화청지(華淸池)를 구경하겠다며, 함께 택시를 탔다.

"오늘까지 기쁨 양한테 수고해 달랄 순 없고……. 그래, 기쁨 양은 오늘 뭐 하며 보낼 건가?"

순례가 기쁨이 잡아 준 택시에 오르며 물었다.

"저는요, 이 작가님 따라서 서점에 가 책이나 구경할까 해요. 내리 언니하고 한솔 씨도 그러겠다고 했어요."

"젊은이 셋이 함께 다니겠다는 건 이해가 되지만, 여기까지 와서 작가 선생을 따라 책방이라니…! 난 이해가 안 되네."

기쁨하고 함께 못 다니게 돼 심통이 난 길남이 시큰둥하게 말했다.

"좋은 하루 보내세요!"

떠나는 차에 대고, 기쁨이 손을 들어 인사를 했다.

가장 늦게 호텔을 나선 매송과 내리, 기쁨 그리고 한솔은 걸어서 시안성 안으로 들어갔다. 종루에선 오른쪽으로 난 큰길로 접어들었다. 동대가(東大街)에는 이 도시에서 가장 큰 서점이 있었다. 하지만 이들은 그 곳을 지나쳐 전자상가를 찾았다.

상가 한 구석에는, 고장난 전기 전자 제품들을 고쳐 주는, 보수 전문 가겟방이 한 군데 있었다. 네 사람은 머뭇거림 없이 그 안으로 들어갔다.

가게 주인은 한솔한테서 카세트 테이프 하나를 받아, 막 수리를 끝낸 듯한 중형 카세트 녹음기에 집어 넣었다.

"처음으로 되돌려서 틀어 달라고 해요."

매송이 기쁨한테 말하고, 기쁨은 중국말로 다시 옮겨 주인한테 전했다.

주인은 시키는 대로 테이프를 완전히 되감은 뒤에 소리 재생 단추를 눌렀다. 그런데 테이프에선 녹음된 것이 없는지 아무 소리도 나지 않았다. 세 젊은이는 일제히 매송을 쳐다봤고, 주인은 자기가 고친 녹음기에 이상이 있나 해서 눈살을 찌푸렸다.

그러나 매송은 미동도 않은 채 자신의 손목시계만 들여다봤다. 이윽고 녹음기가 잠에서 깨어났다. 테이프 재생을 시작한 지 정확히 60초 만에, 아주 짧은 소리 하나가 튀어 나온 것이다.

순간 매송의 얼굴에선 여태껏 한 번도 본 적이 없는 야릇한 웃음이 피어 올랐다. 그러나 나머지 세 사람의 얼굴은 충격으로 창백해졌고, 중국인 주인 남자는 방금 들은 괴이한 소리의 정체엔 관심이 없이, 녹음기가 제대로 작동한다는 사실에만 크게 만족스러워했다.

교수는 오후 4시가 거의 다 돼 호텔로 돌아왔다. 먼저 와 있던 매송이 방문을 열어 줬다.

"이 선생이 웬일이오? 나보다 먼저 와 있으니…!"

"네에, 교수님. 그렇게 됐습니다. 박물관은 좋았습니까?"

"오전엔 산시성박물관을 봤고, 오후엔 반파촌(半坡村)에 있는 신석기시대의 원시 촌락 유적지를 구경했어요. 인류 생활의 기원을 아는데에 도움이 되겠더군요. 이 선생은 가 보았소?"

"아, 아직… 못 가 봤습니다."

매송은 문득 자신의 입술이 마르고 있음을 느꼈다.

"그렇다면 언제 한번 꼭 가 보시구려. 매우 흥미로운 곳이오."

교수는 어깨에 멨던 가죽 가방을 화장대 위에 내려 놓으며, 거울에 비친 자신의 모습을 힐끗 쳐다봤다.

"녹차 한 잔 드릴까요?"

매송이 탁자 위에 놓여 있는 전기 주전자를 집어 들며 물었다. 주전자가 묵직한 것이 물이 가득 들어 있는 듯했다.

"아니요. 사우나실에 가서 마시겠소."

교수는 중국 여행 마지막 일정을 사우나 목욕으로 마감할 모양이었다. 다시 밖으로 나가는 교수의 등 뒤에 대고, 매송이 목소리를 높였다.

"여섯시에 식당으로 오세요!"

방문이 닫히자, 매송은 주전자를 내려 놓고, 냉장고에서 차가운 광천수를 꺼냈다.

오후 6시 정각, 호텔 식당엔 매송과 내리, 기쁨, 한솔만이 커다란 식탁 하나를 차지한 채 말없이 앉아 있었다. 진시황의 흙병사들과 양귀비 목욕탕을 구경하고, 한 시간 전쯤 호텔로 돌아온 순례와 주승, 길남은 잠시 쉬었다가 당락궁에 가서 저녁을 먹겠다며, 각자의 방에서 내려오지 않았다.

네 사람은 십여 분을 더 기다린 뒤에야 음식을 주문할 수 있었다. 더운 증기로, 한 달 간 쌓인 중국의 온갖 먼지와 때를 말끔히 씻어 낸 교수는 왕성한 식욕을 과시했다. 그러나 다른 네 사람은 평소에 비해 훨씬 적은 양의 식사를 하고 수저를 놓았다.

방에 있던 세 사람은, 이들이 식사를 거의 끝낼 무렵 잠깐 식당에 들러 인사만 하고는 곧장 당락궁으로 향했다. 한솔이 길 안내를 자청하고 그들을 따라 나갔다.

"우린 커피나 한 잔 하고 올라갑시다."

식사를 마친 교수가 제안했다. 매송은 기다렸다는 듯이 좋다고 했다. 그리고 네 사람은 호텔 일층에 있는 휴게실로 갔다.

매송과 두 여자가 아무 말도 않고 커피만 홀짝거리자, 마침내 교수가 이상한 낌새를 눈치챘다.

"그런데, 왜들 그래요? 아까부터 통 말들이 없잖소? 무슨 일이 있는 게요?"

세 사람은 감췄던 속내를 들킨 사람들처럼 당혹스레 커피잔을 입에서 뗐다.

"이 선생! 나한테 뭐 감추는 거라도 있소?"

교수가 갑자기 역정을 냈다. 내리와 기쁨은 매송의 눈치를 보고, 매

160

송은 마음을 다진 듯 손에 들고 있던 잔을 천천히 탁자 위에 내려 놨다. 그리고 그는 종일 고심하고 궁리했던 대사의 첫 마디를 어렵게 꺼냈다.

"저… 교수님, 실은 오늘 낮에 충청에서 전화가 왔습니다."

"충청에서 전화가요? 강 사장이 했겠군요."

교수의 목소리에도 은근히 긴장이 실렸다.

"네, 맞습니다. 노 사장님께서 마침내 잃었던 기억을 되찾았다는, 강 사장의 전화였습니다."

"뭐요! 노 사장이 기억을?"

교수의 잔이 크게 흔들렸다. 그 바람에 커피물이 조금 탁자 위로 쏟아졌다.

"그, 그게 저, 정말이오? 노 사장 기억이 도, 돌아왔어요?"

"네, 교수님. 그런 모양입니다."

눈길을 어디에 둬야 할지 몰라할 만큼, 얼굴색이 달라진 교수가 허둥거렸다. 그 틈을 놓치지 않겠다는 듯, 매송은 그런 교수를 향해 압박의 끈을 조이기 시작했다.

"기억이 돌아왔다는 건 참으로 반가운 소식이지요. 환자의 건강이 빠르게 회복되고 있다는 뜻이니까요. 그런데 말입니다, 교수님, 그게 좋은 결과만을 가져오질 않는군요."

"좋은 결과만이 아니라면…?"

"노 사장께서 느닷없는 말씀을 하기 시작한 겁니다. 자신은 칠십이 굽잇길에서 실수로 벼랑에서 굴러 떨어진 게 아니라…"

교수의 입술이 파르라니 떨리고 있었다. 매송은 교수의 그런 모습을 날카롭게 주시하며 말을 이어갔다.

"사진 찍기에 몰두하고 있는 자신을 누군지가 등 뒤에서 공격을 했다는 겁니다, 강한 물체로 뒷머리를 맞는 순간 자신은 의식을 잃은 것 같은데, 깨어 보니 병원에 누워 있더란 얘기지요."

"그, 그렇다면 그자가 누군지…, 돌멩이로 때린 자가 누군지는 모른 단 얘기가 아니오?"

매송의 눈빛이 순간 번쩍였다.

"돌멩이로 때렸다고요? 교수님께선 노 사장님이 돌멩이로 공격을 받았는지 어떻게 아십니까?"

교수가 눈을 부릅뜨고 매송을 노려봤다.

"이 사람아! 그런 데서 사람을 단숨에 기절시킬 수 있는 흉기라면 산에 널려 있는 돌멩이지 달리 또 뭐가 있겠나? 작가라는 사람이 그 정도도 상상을 못 하나?"

교수의 말투가 어느새 반말로 바뀌었다. 참다 못한 내리가 매송을 거들고 나섰다.

"교수님, 지금 그 둔기가 돌멩이냐 쇠망치냐 그런 걸 따질 때가 아닙니다. 우린 내일 귀국할 수가 없게 됐단 말이에요."

교수의 두 눈이 커질 대로 커졌다.

"귀국할 수 없다니? 그건 또 무슨 말인가?"

매송이 침착하게 할 말을 마저 했다.

"노 사장님 추락 사고는 이제 단순히 본인 과실에 의해 일어난 우발적인 것이 아니라, 계획적인 범죄 다시 말해 살인 미수 사건으로 성격이 바뀌었습니다. 그래서 충청 경찰국 수사관들이 내일 아침 첫 비행기를 타고 여기로 온답니다."

"충청 경찰이 왜 또…?"

"우릴 다시 조사하겠다는 거겠죠."

162

교수가 버럭 소리를 질렀다.

"뭐요! 우릴 다시 조사해? 무엇 때문에? 우린 이미 혐의가 없음이 밝혀지지 않았소? 노 사장 비명 소리가 날 때 우린 함께 사진을 찍고 있었고…"

교수는 제 정신이 아닌 듯했다. 얼굴은 딱하리만큼 창백했고, 입술엔 백태가 하얗게 끼어 있었다. 매송이 교수의 말을 중간에서 잘랐다.

"그런데 말입니다, 교수님. 유감스럽게도 그게 우리들의 알리바이를 입증하지 못하게 됐습니다. 범인은 녹음기를 이용해서 범행 시간을 조작한 것 같다는 것이 경찰의…"

이번엔 교수가 매송의 말을 잘랐다.

"노, 녹음기라니?"

"지금 그들의 생각은요, 피해자는 먼저 둔기에 맞았는데, 그 땐 너무나 순식간의 일이라 비명을 지를 겨를이 없었고, 정신을 잃은 상태에서 벼랑 아래로 떠밀려 추락하는 순간에는 더욱이 비명 소리를 낼 수가 없다는 것입니다. 다시 말하면 피해자는 어떠한 상황에서도 비명 소리 같은 건 내지 않았다는 거죠. 따라서 우리들이 사진을 찍을 때 들었던 소리는, 가해자인 범인이 자신의 알리바이를 위해 녹음기를 이용해 교묘히 꾸민…"

교수가 자리를 박차고 일어나며 소리쳤다.

"말도 안 되는 소리! 난 내 방으로 올라가겠소. 그리고 내일 아침 우리 영사관에 전화할 거요. 아니, 서울에 있는 장관한테 직접 말하겠소. 나 유병도가 중국에 와서 왜 이런 치욕을 받아야 하는지 알 수가 없다고 말이오."

남은 사람들은 멍한 눈으로 황황히 나가는 교수의 뒷모습을 쳐다봤다. 그러고는 서로 얼굴들을 마주봤다. 잔뜩 긴장한 표정들이긴 했지만, 뭔지 자신감에 가득 차 있는 분위기는 네 사람이 다 같았다.

자기 방으로 허둥지둥 올라온 교수는 방문부터 잠그고 옷장을 열었다. 그리고 그 안에 든 자신의 여행가방을 꺼내, 번호 열쇠를 풀었다.

가방 안 깊숙이 넣어 둔 작은 카세트 녹음기는 다른 사람이 손댄 흔적 없이 잘 있었다. 교수는 테이프 장착 뚜껑을 열어 속이 비었음을 확인하고 안도했다.

'그래, 테이프는 이미 치장에서 버렸지! 공연한 걱정을 했구먼!'

교수는 조금 전하고는 완전히 달라졌다. 입가에 느긋한 웃음까지 띠며 탁자 앞으로 걸어가, 전기 주전자의 전원을 켰다.

그 때였다. 욕실 문이 벌컥 열리며, 당락궁에 간다고 나갔던 한솔이 그 안에서 나왔다.

"혹시 이것을 찾고 계셨던 건 아닌가요, 교수님?"

갑자기 귀신처럼 나타난 한솔의 손에는, 교수 자신이 치장에서 분명히 버린 그 테이프가 생동하니 들려 있었다.

"어! 그, 그게 어떻게… 자네 손에?"

"이걸 거기 넣어 한번 틀어 보시지요, 무슨 소리가 나요?"

한솔은 넋을 잃고 서 있는 교수의 손에서 녹음기를 가로채어 갖고 있던 테이프를 집어 넣었다.

"정확히 일 분 뒤에 교수님의 육성이 녹음돼 있더군요. 우리 전부를 감쪽같이 속인 처절한 비명 소리가요."

정신을 차린 교수가 녹음기를 빼앗으려고 한솔 앞으로 달려들었다.

"자네, 왜 이러는 건가? 의도가 뭐야?"

"교수님, 제 부탁 하나만 들어 주시면, 이 테이프 고스란히 돌려 드리겠습니다."

"좋아. 뭐든지 다 들어 줌세. 말만 하게나. 내 약속하지."

"장강 여객선에서 기쁨 씨가 꺼냈던 청을 들어 주십시오."

"아, 기쁨 양 할아버지한테 독립유공자로 서훈하라는 것 말인가? 그걸 왜 자네가? … 아, 그거야 뭐, 내가 자네들 사이를 알면 뭐 하겠나. 염려 말게. 그 정도는 하나도 어려울 게 없네. 내가 결심만 하면 얼마든지 가능한 일이지."

"그래도 그게 그리 녹녹한 일이 아닐 텐데요?"

"무슨 소리! 내가 그런 일 어디 한두 번 한 줄 아나? 선친한테 물려받은 비법도 있고, 그 동안 쌓아 둔 인맥이 많기 때문에 그만한 일쯤은 식은 죽 먹기라네. 자, 이제 남자 대 남자로서 신사 협정을 맺었으니, 그 테이프나 어서 돌려 주게나."

한솔이 테이프를 녹음기에서 꺼내 교수한테 건네 줬다. 의기양양해진 교수는 그것을 받아 잠시 냉소적으로 바라보더니, 갑자기 전기 주전자 뚜껑을 열고, 마침 펄펄 끓기 시작한 찻물 속으로 그 테이프를 집어 넣었다. 너무나 순식간에 벌어진 일이라서, 방심하고 있던 한솔로서도 어쩔 수가 없는 노릇이었다.

"교수님! 지금 뭐 하시는 겁니까? 그런다고…"

교수는 입술까지 일그러뜨리며 한솔을 마음껏 비웃기 시작했다.

"어리석기는…! 이제 난 자네를 모르네. 신사 협정은 방금 파기됐어. 증거가 사라졌는데 무슨 수로 날 가해자라 할 것인가?"

그러다가 교수가 주춤했다. 뭔지 조금 이상하다는 느낌이 든 것이다. 한솔의 어색한 언동 때문이었다. 자기 같으면 당장에 달려들어 주전자를 욕실로 가져가 끓는 물을 쏟아 버리고, 테이프를 꺼낼 것이다.

아무리 얇은 마그네틱 테이프라 해도 혹시라도 되살릴 부분이 있을지 모르는 일이 아닌가. 그런데 이 젊은 친구는 전혀 그럴 생각이 없는 사람처럼, 소리만 한 번 질렀지, 그냥 멍하니 보고만 서 있었다. 그 바람에 테이프는 결코 복원될 수 없는 치명상을 입고, 눈앞에서 마지막 숨소리를 내고 있었다.

이제 주도권은 다시 교수가 잡은 듯했다. 그래선지 교수가 큰 소리로 웃기 시작했다. 자신의 민첩한 행동에 스스로 만족스러워하며, 자신한테 따르는 행운에 감사했다.

"하하하! 꾸이양 검령산에서 노 사장 목소리를 흉내내어 비명 소리를 녹음하느라 고생 좀 했는데, 그 증거품이 사라지다니…! 나로서도 조금은 서운한 걸! 하하핫…"

그 때 방문 두드리는 소리가 났다. 그러자 바보처럼 서 있던 한솔이 달려가 문을 열었다. 방으로 성큼 들어서는 사람은 매송이었다. 그 뒤로 내리와 기쁨도 모습을 보이며 따라 들어왔다. 교수의 눈이 휘둥그래졌다.

"교수님, 서운해하지 마십시오. 진짜 테이프는 여기 있으니까요."

그러면서 매송은 손에 쥐고 있던 테이프를 번쩍 처들었다. 교수는 유령의 집단을 본 것처럼 꼼짝을 않았다. 매송이 한솔의 손에서 교수의 녹음기를 받아 테이프를 장착했다. 그리고 재생 단추를 누르자, 소리 자리를 미리 잡아 놨는지, 이내 문제의 비명 소리가 터져 나왔다.

"으아아악!"

그 사이에 한솔은 창문 커튼 뒤에 숨겨 둔 비디오 카메라를 찾아 내어 들고 왔다.

"녹화도 잘 된 것 같습니다."

"다행이야! 그 속엔 학창 때 닦은 우리 막내의 연기 실력이 고스란히 담겨 있을 테고…!"

그 때 교수가 카메라를 빼앗기 위해 한솔한테 달려들었지만, 이번엔 전혀 틈을 주지 않는 한솔. 그는 재빨리 카메라를 등 뒤로 감추고, 교수의 궁금증을 풀어 줬다.

"아, 이거요? 교수님이 외출한 사이에 설치한 몰카지요. 촬영 시작 단추는 제가 욕실로 숨어 들 때 작동시켰고요. 참, 당락궁은 길 건너 아주 가까운 곳에 있다고 하니까, 백 선생님은 굳이 제가 거기까지 따라나설 필요가 없다고 하시더군요. 그래서 곧장 이리로 올라왔지요. 방 열쇠는 이 작가님한테서 미리 얻어 놨고요."

교수가 침대 위로 풀썩 주저앉았다. 그리고 그는 삼십 분 가량을 죽은 듯이 꼼짝을 않았다. 그리고 나서 입을 열고 딱 두 마디를 했다.

"이 선생, 노 사장이 기억을 회복했다는 건 사실이 아니지요?"

매송이 대답했다.

"네에. 유감스럽게도 그러시려면 시간이 좀 더 걸릴 것 같습니다."

교수는 긴 한숨을 내쉬었다. 그리고 혼자말처럼 중얼거렸다.

"노기만… 그자를 그때 열차에서 밖으로 밀어 버렸어야 하는 건데…! 그게 내 가장 큰 실책이었어!"

이 말은, 일행이 류쩌우에서 꾸이양으로 이동할 때 탔던 기차를 염두에 두고서 한 말이 분명했다.

22
(시안) 불행한 유산

그 날 밤 9시 30분, 기쁨의 방에선 회의가 열렸다. 교수만 빼고, 당락궁에 갔던 세 사람까지 참석한 답사단 7인의 비상 회의였다.

"행복한 저녁 시간을 보내고 오신 세 분께 불행한 소식을 전하게 돼 마음이 몹시 아픕니다."

답사 여행 마지막 전야를 매우 유쾌하게 보내 기분이 한껏 들떠 있는 순례와 주승, 길남을 향해, 매송이 무겁게 입을 열었다. 이미 방에 들어서는 순간, 자신들을 기다리고 있는 네 사람… 매송, 내리, 한솔, 기쁨의 굳은 표정에서 직감적으로 좋지 않은 소식이 있음을 느꼈지만, 막상 매송한테서 이런 첫 마디 말을 들은 세 사람은 바싹 긴장했다.

순례가 맨 먼저 조심스럽게 물었다.

"혹시 노 사장한테 뭔지 좋지 않은 일이 생겼나요?"

매송이 고개를 한 번 가로 젓고 대답했다.

"아닙니다."

그 때 방 안을 둘러본 길남이 조금 목소리를 높였다.

"교수님이 보이지 않는군요! 방에 안 계신가요?"

대답하는 이가 아무도 없었다. 궁금증에 혼란스러움까지 느낀 세 사람은, 차갑게 가라앉은 방 안 공기의 정체를 알아내려고, 모든 감각 기관을 동원했다.

"교수님은 지금 방에 계십니다."

내리가 나지막이 말했다.

"왜, 그분만 혼자서…?"

길남은 물음의 말끝을 흐렸다. 지금 자신들을 둘러싸고 있는 음습한 저기압이, 충청에 있는 노 사장 때문이 아니라, 바로 여기 한 호텔에 같이 묵고 있는 유 교수 때문에 형성된 것임을 순간 직감했기 때문이었다.

매송도 이제 더 망설일 필요가 없음을 느꼈다.

"그렇습니다. 교수님한테 문제가 생겼어요."

세 사람은 과연 그렇구나 하는 표정으로, 매송의 입술을 뚫어지게 쳐다봤다.

"교수님이 큰 실수를 하셨습니다. 노 사장님을 다치게… 아니 죽이려고 했어요."

"뭐요! 노 사장을 죽여? 그, 그게 있을 수 있는 일이오? 그 점잖은 분이 설마…!"

순례의 벌어진 입이 다물어지질 않았다. 다른 두 사람도 마찬가지였다.

"믿을 수 없어요!"

길남이 소리쳤다.

마침내 매송은, 답사단 안에서 벌어진 범죄 사건의 전말에 대해 자신이 알고 있는 내용을 차분하게 일행에게 설명하기 시작했다.

"노 사장의 추락 사고는 유 교수가 저지른 살인 미수 사건입니다. 이미 장본인이 실토했고, 물증도 나왔습니다."

세 사람은 경악과 충격으로 사색이 됐다. 모든 걸 이미 다 알고 있는 다른 세 사람 역시 새삼 소름이 끼치는 듯 몸을 떨었다.

매송이 말을 이었다.

"우선 범행 과정부터 말씀을 드리죠. 버스가 칠십이굽잇길이 시작되는 고갯마루에 도착하자, 우린 모두 차에서 내렸지요. 그리고 다들 환상적인 산길에 넋을 빼앗기고 있는 사이에, 기회를 엿봐 오던 교수는 노 사장한테 할 얘기가 있다고 접근한 뒤, 그를 사람들 눈에 띄지 않는 곳으로 데려갔습니다. 두 사람 사이에는 은밀히 풀어야 할 숙제가 있었기 때문에, 노 사장은 아무런 의심 없이 교수를 따라 갈 수가 있었던 거고요. 마땅한 장소가 발견되자, 교수는 늘 어깨에 메고 다니던 가죽 가방 속에서 미리 준비한 돌멩이를 꺼내 방심한 노 사장 뒷머리를 때려 기절시킨 뒤, 의식이 없는 노 사장을 벼랑 아래로 밀었습니다. 그러고는 역시 가방 속에 남모르게 넣어 뒀던 작은 카세트 녹음기를 꺼내 재생 단추를 누른 뒤, 사람들 눈에 띄지 않을 덤불 속에 숨겨 놓고는, 우리들이 사진을 찍고 있는 곳으로 슬그머니 돌아왔지요. 그 다음은, 우리가 아는 것처럼, 내리 양 카메라 앞에서 교수는 우리들과 함께 자세를 취했고, 사진이 찍히는 순간, 그가 숨겨 놓은 녹음기에서 남자의 비명 소리가 났습니다."

매송은 입이 마른지 잠시 말을 끊었다. 그러자 순례가 말을 받았다.

"그래요! 그 소리에 놀란 우린 정신 없이 그 쪽으로 달려갔었지요!"

다시 매송이 말을 이었다.

"교수는 노 사장을 해칠 목적으로 꾸이양에서 우리 모르게 녹음기를 구입했습니다. 우리가 검령공원과 홍복사를 구경하고 호텔로 돌아올 때 혼자 시내에 남았었는데, 그때 말이지요. 그러고는 다시 검령산 인적 없는 곳으로 가서, 자기 비명 소리를 녹음기에 담고 호텔로 돌아온 겁니다. 녹음한 소리는 재생 단추를 누르고 나서 정확히 일 분 뒤에 나게끔 맞춰 놨고요."

"그 일 분 동안에 범행 현장에서 빠져 나올 생각이었군요?"

주승이 처음으로 입을 열었다.

"그래요. 그 정도 시간이면 얼마든지 알리바이를 만들 수 있지 않겠어요?"

매송이 대답했다.

"교수가 알리바이 조작을 통해 완전범죄를 기도했다…!"

순례의 목소리가 떨렸다.

"범행 과정은 그렇다 치고, 이 작가님께선 교수가 가해자인 줄을 어떻게 아셨습니까?"

주승이 물었다. 매송은 곁에서 기쁨이 건네 주는 물 한 잔을 받아 마셨다.

"그건 제가 말씀 드리지요."

내리가 나섰다.

"서울에서 온 난희 씨가 돌아가던 날 오전이에요, 저희 셋은 난희 씨와 함께 그 동안 한솔 씨가 찍은 비디오를 봤어요. 칠십이고갯길이 나오더군요. 그런데 거기서 이상한 장면을 발견한 거예요. 똑같은 장소에서 사람 다리 같은 형체가 찍혔는데, 바로 앞서 찍은 장면에선 보지 못한 거였거든요. 그러나 그걸 노 사장님과 연결시킬 순 없었어요. 왜

냐 하면 노 사장님 비명 소리가 난 뒤로는 한솔 씬 굽잇길을 더는 촬영
하지 않았거든요. 그렇기 때문에 저는 그 괴물체가 노 사장님의 육신
일 거라는 생각을 할 수가 없었지요. 그래도 그것에 대한 생각은 그 날
종남산을 돌아다니는 내내 제 머릿속에서 떠나질 않았어요. 그런데 그
날 저녁 그러니까 바로 어제죠. 저녁 식사 뒤에 저희 세 사람은 시안의
야시장을 구경하러 나갔지 않았겠어요? 거기서 한 노점에 들렀는데,
마침 그 곳에서 주인이 카세트 녹음기로 중국 노래를 틀어 놓고 장사
를 하고 있더군요. 그 순간, 우한에서 만난 가짜 앵무새점이 생각났고,
이어, 녹음기를 이용하면 범행 시간을 얼마든지 조작할 수 있겠구나
하는 생각이 제 머리를 스쳤어요."

이번엔 한솔이 말을 받았다.

"그렇습니다. 제가 굽잇길에서 촬영을 다 끝내고 어르신들과 함께
내리 누나 카메라 앞에 섰었잖아요? 그리고 조금 있다가 교수님이 합
류했고, 셔터가 열리는 순간 비명 소리가 났지요. 그러니까 노 사장님
은 비명 소리가 나기 전에 이미 벼랑에서 떨어지신 게 확실합니다."

"그건 그렇겠구먼. 하지만 교수님이 가짜 비명 소리를 조작했다는
걸 입증하려면 증거가 있어야 할 텐데…?"

주승이었다. 한솔이 대답했다.

"물론입니다. 그 증거물을 제가 갖고 있습니다."

"뭐라구? 막내가 그걸 어떻게…?"

길남의 눈이 둥그래졌다. 한솔은 화장대 위에 올려 놓았던 교수의
카세트 녹음기 앞으로 걸어가서, 문제의 테이프를 꺼냈다.

"이겁니다. 녹음기도 교수님 거고요."

세 사람은 이 방에 처음 들어온 순간부터 이상한 방안 분위기에 최

면이 돼 미처 녹음기를 발견하지 못하고 있었다.

"내리 누나한테서, 녹음기를 이용해 비명 소리 나는 시간을 실제와 다르게 조작할 수 있다는 말을 듣는 순간, 대뜸 교수님 생각이 나더군요."

한솔이 그 테이프를 한 손에 쳐들고 말했다.

"그럼 자네는 교수가 녹음기를 가지고 있다는 사실을 전부터 알고 있었단 말야?"

주승이 물었다.

"웬걸요, 그게 아니고요. 치장에서 남은 다섯 사람만 시내 답사를 했잖아요? 그 날 두시쯤 호텔을 나설 때입니다. 제가 좀 늦게 방에서 나가는데, 복도를 걸어가시던 교수님이 청소하는 아줌마들 옆을 지나가면서 무언지를 슬쩍 쓰레기 수거통에 던지더군요. 그래서 지나가며 제가 그 통 속을 들여다보니까, 카세트 테이프를 버리신 거예요. 그런데 그것이 얼핏 봐도 멀쩡한 새 테이프라서, 전 나중에 영어 공부할 때 쓰려고, 그걸 통에서 꺼냈지요."

"맞아! 그 날 버스에서 나도 자네가 그걸 갖고 있는 것을 본 적이 어! 기억나네!"

길남이 자기한테도 공이 있다는 듯이 신이 나서 떠들었다. 잠자코 있던 기쁨도 한 마디 거들었다.

"저 테이프를 오늘 아침에 성 안에 있는 전기 제품 수리점에 가서 틀어 봤어요. 그랬더니 교수님이 녹음한 가짜 비명 소리가 나오더군요."

"잠깐! 교수님이 아무리 연기력이 좋다고 해도 노 사장님 목소리하곤 다를 텐데, 우리가 모두 그걸 몰랐다니, 그게 가능한 일이우?"

순례가 의문을 제기했다. 매송이 대답했다.

"예기치 않은 급박한 상황에선 대부분 사람이 그런 착각을 할 수가 있습니다. 지금까지 우리들 가운데서도 의심을 품은 사람이 한 명도 없었잖습니까?"

순례가 인정한다는 뜻으로 고개를 끄덕였다.

"교수는 사건 현장에서 우리가 우왕좌왕할 때 덤불에 숨겨 놨던 녹음기를 찾아 다시 가방 속에 넣었고, 치쟝에 도착해서 테이프만 버렸지요. 아, 그 흉기가 된 돌멩이도 치쟝 호텔 마당 어느 구석엔지 버려져 있을 겁니다. 그러니 현지 경찰과 충칭 경찰이 그렇게 현장을 수색했음에도 아무것도 찾아 낼 수가 없었던 거지요."

한동안 방 안엔 무거운 침묵이 흘렀다. 순례가 그 침묵을 깨고 물었다.

"이 선생, 동기가 뭐였습니까? 왜 교수는 그런 엄청난 범죄를 저질렀을까요? 시정잡배도 아닌, 한 나라 안에서 크게 존경을 받는 대학자가 말이오?"

매송은 사건의 동기와 범행 배경에 대해 일행에게 설명했다. 그 가운데 일부분은 교수한테 들은 것이고, 나머지는 사건 전에 기만한테서 들은 것이라고 했다.

노기만은, 중일전쟁 시기에 일본군 헌병 하사관으로 복무한 전력이 있는 아버지 노춘삼을, 자신의 정치적 야망을 달성하는 데 도움이 될까 해서, 독립운동가로 변신시키고자 마음먹었다. 그래서 임시정부 유적지 답사 여행을 통해 우연히 만나 알게 된, 독립유공자 심사위원 유병도 교수한테 의도적인 접근을 했다. 하지만 교수는 그의 요구를 냉정하게 거절했다.

그 일로 배 안에서 찰떡 사건을 일으킬 만큼 위축되고 상심했던 기만은, 때맞춰 한 가지 기막힌 생각을 떠올렸다. 그것은 유 교수의 아버지 유갑성의 일제 때 행적에 관한 것인데, 그것으로 교수를 압박하면 교수는 자신의 부탁을 반드시 들어 줄 것으로 생각했다.

노기만이 알고 있다는 유갑성의 매국 행위는 다음과 같다.

1910년 중국에서 태어난 유갑성은 중국 국민당 상하이 지구 첩보기관에서 밀정으로 활동하던 중에, 1932년 일본군이 상하이사변을 일으키며 대륙에 상륙하자, 재빨리 일본군 헌병대의 첩자로 변신했다.

마침 그때는 이봉창, 윤봉길 양대 의거가 잇달아 터진 직후라서, 중국에 있던 모든 일제의 군경 첩보기관은 천문학적인 현상금을 걸면서까지, 배후인물로 알려진 김구를 체포하기 위해 총력을 기울이고 있었다. 그래서 1934년 김구가 뤄양에 있는 중앙육군군관학교에 한인특별대를 설치했을 때는, 유갑성은 뤄양에 머물며 군관학교 주변에서 관련 첩보를 수집해 일제에 보고한 적이 있는데, 나중엔 이때의 경험을 가지고 자신이 한인특별대의 일원이었다고 거짓말을 하고 다녔다.

그런 중에 1937년 7월 중일전쟁이 일어났고, 임시정부와 대가족은 난징을 탈출해 창사로 피난을 가게 됐다. 그러자 일본군 헌병대 첩보부는 기다렸다는 듯이, 유갑성에게 특명을 내렸다.

그 해 겨울, 창사에 도착한 유갑성은 거액의 공작금과 위조된 신분증명서 들을 이용해, 전시 피난지 생활로 어려운 처지에 있던 대가족 속으로 무난히 침투했고, 이내 임시정부 요인들을 측근에서 경호하는 청년 경위대의 일원이 됐다.

1938년 5월, 남목청에서 광복진선 세 당의 통합을 위한 회의가 열린다는 정보를 사전에 입수한 유갑성은, 그 내용을 즉각 헌병대에 보고했다. 일본군 헌병대 첩보부는 그 때를, 김구를 비롯한 한국 독립운동

진영의 거물급 인사들을 한꺼번에 제거할 수 있는 절호의 기회라고 판단하고, 떠돌이 이운한을 돈으로 매수해, 김구 등 요인 암살을 사주했다. 창사로 급파된 이운한은 일제의 음모를 실행에 옮겼고, 도망치다가 중국 경찰에 체포됐다. 물론 신분이 드러나지 않은 유갑성은 안전했다. 중국 경찰은 이운한한테서 범행 일체를 자백 받고, 그를 재판에 회부했다. 그러나 그 해 여름, 창사에 진입한 일본군은 이운한을 감옥에서 탈출시켰고, 관련 서류들을 모두 불태웠다.

그런데 이 남목청 사건을 처음부터 기획하고 그리고 하수인 유갑성을 끝까지 보호해 준, 상하이 주둔 일본군 헌병대 첩보부의 핵심 장교가 바로, 며칠 전에 일본 텔레비전이 사망했다고 보도한 '이시하라 쓰치다' 였다.

그는 종전과 함께 군복을 벗었지만 정계에 뛰어들어 승승장구했고, 현역에서 물러난 뒤에는 원로 정객으로서 일본 우익 세력의 대부가 됐다. 그리고 죽을 때까지 일본의 군국주의와 패권주의 부활을 획책했다.

한편 매국노 유갑성은, 김구가 광쩌우에서 중국 국민당정부가 있는 충칭으로 떠나자, 슬그머니 잠적해 다시 상하이로 돌아갔다. 그리고 1945년 8월 일제가 패망하자, 일본 거류민들 속에 섞여 도쿄로 건너갔고, 전후 혼란기에 빠찡꼬 사업을 통해 큰돈을 모았다. 물론 배후에서 이시하라 같은 자들이 도왔기 때문에 가능한 일이었다.

유갑성은 60년대 초기에 한국으로 돌아와, 서울에 사립대학을 세워 이사장에 취임했다. 그리고 임시정부를 위해 일했다는 공적을 인정받아 독립유공자로 선정돼 건국훈장을 받았다.

일본에 있는 이시하라가 한국에서 저명 인사가 된 유갑성을 그냥 내버려 둘 리가 없었다. 그는 유갑성을 통해 한국 안에서도 자신의 극우

노선을 지지하는 사람들을 모았고, 간헐적으로 이 땅에서 벌어지는 친일잔재 청산 작업을 꾸준히 방해했다.

유갑성의 아들 유병도는 일찍이 미국과 일본에서 유학을 하고 돌아와, 아버지가 세운 대학에서 교수가 됐고, 아버지의 후광이 보태져, 독립유공자 심사위원까지 됐다.

이시하라는 유갑성이 사망한 뒤에는 아들 유병도한테까지 마수를 뻗쳤다. 그리고 아버지를 이용해 했던 것처럼 아들을 이용해서, 한국 내에 자신의 영향력을 계속 행사했고, 전후 새롭게 등장한 신종 친일파들을 격려하고 지원했다. 이따금 일본 우익 인사들이 주장하는 것과 똑같은 발언을 하는 한 줌의 국내 인사들이 바로, 그가 배양하고 지원한 매국의 무리이다.

"그런데요, 노 사장은 어떻게 유 교수 집안의 일을 그렇게 소상히 알고서 교수를 협박했을까요?"

주승이 물었다. 매송이 대답했다.

"말씀 드리죠. 노 사장의 부친 노춘삼 또한 생존했다면 지금 아흔 살쯤 됐을 사람입니다. 식민지 시절 일본군에 자진 입대해서 일본군 헌병 하사관까지 됐고, 해방 뒤엔 국군 보안부대의 장교가 됐지요. 군사정부 시절 소령으로 전역한 뒤 군납업자가 됐는데, 그때 번 돈으로 부동산을 많이 사 모았답니다.

그런데 말이에요, 그가 해방 직전 경성 육군헌병대에서 근무할 때 직속 상관으로 받든 자가, 중국에서 건너온 이시하라였습니다. 그런 인연으로, 두 사람은 일제 패망 뒤에도 상관과 부하 관계를 유지했고, 특히 사업적으로 서로 긴밀히 협력했습니다.

그러던 어느 해, 노춘삼이 일본을 방문해 이시하라를 만났는데, 그 자리에서 그는, 한국 사회의 유명 인사가 된 유갑성의 일제 때 행적에 대해 우연히 얘기 듣게 됩니다. 그런데 노춘삼은 원래 민족이니 역사니 독립운동이니 하는 의식적이고 지적인 분야에는 전혀 흥미도 관심도 없는 사람인지라, 그 얘기를 기억 속에 새겨 두지는 않은 모양입니다. 그리고 그 뒤로 또 한 세월이 지난 어느 날, 노씨 부자는 집에서 함께 텔레비전을 보게 됐답니다. 그런데 그 때 마침 화면에 유갑성이 나온 거예요. 그러자 노춘삼은 처음엔 혼자말처럼, '저런 자가 거들먹거리는 우리 나라도 참으로 한심한 나라여…!' 하고는, 그 날 처음으로 그리고 딱 한 차례 아들 노기만한테, 이시하라한테서 들은 유갑성의 매국 행위에 대해 귀띔했습니다. 그러나 아들 역시 민족이니 애국이니 하는 덴 도통 관심이 없다 보니, 그때 아버지한테 들은 유갑성에 관한 얘기를 다른 쪽 귀로 흘려 버리고, 이때껏 무심히 살아왔습니다.

그러다가 이번 여행에서 유 교수를 만났고, 그가 부친 자랑을 하는 걸 듣던 중에 갑자기 두 사람이 어쩌면 부자지간이 아닐까 하는 생각이 들어 슬쩍 운을 띄워 봤는데, 그것이 불행히도 제대로 맞아 떨어진 거지요. 그래서 노 사장은 하늘이 내려 준 마지막 카드라 여기고, 류쩌우에서 꾸이양으로 올 때 탄 기차 안에서 교수를 협박한 것입니다. 처음엔 펄쩍 뛰던 교수도 이시하라 이름을 들이대자 이내 기가 꺾였고, 그 뒤로는, 노 사장 부탁은 얼마든지 들어 줄 테니, 제발 선친의 친일 전력에 관해선 비밀을 반드시 지켜 달라고, 신신당부를 했다고 합니다."

누군지 침을 꼴깍 삼키는 소리를 냈다. 매송은 한 호흡 쉬고 나서 마지막 한 마디를 보탰다.

"그러나 교수는, 다급한 처지에서 내뱉은 자신의 약속이 현실적으로 이행하기 불가능하다는 것을 곧 인식하게 됩니다. 그런 중에, 꾸이양에서 치쟝으로 갈 때 자동차가 험준한 산길을 지난다는 것을 떠올리게 되고, 이윽고 교수는 해서는 안 될 중대 결심을 하기에 이르렀습니다."

매송의 말은 일단 여기서 끝맺었다. 방 안은 깊은 침묵 속에 빠졌고, 가끔 터지는 사람들의 깊은 한숨 소리만이 무거운 공기를 더욱 짓눌렀다.

맨 먼저 다시 입을 연 사람은, 진정한 독립유공자의 후손이면서 그 방에서 가장 나이가 많은 순례였다.

"노 사장이 이 작가한테 자신을 도와 달라고 하는 말을 배 위에서 우연히 들은 적이 있어, 노 사장과 유 교수 사이에 떳떳치 못한 거래가 있는 것 같다는 생각을 하긴 했지만, 그것이 이처럼 끔찍한 결과로 나타날 줄은 몰랐어요. 정말 안타까운 일이군요."

순례가 말하자, 매송은 조금 당혹스러워하며 변명조로 대답했다.

"실은 제가 노 사장님한테서 이렇게 깊은 얘기를 처음 들은 때는 류쩌우 호텔을 떠나기 직전이었습니다. 지금 생각해 보니, 노 사장님은 이런 일이 생길 수도 있다는 것을 그때 이미 조금은 예견을 하고 걱정을 했던 것 같습니다. 혹시라도 자기한테 어떤 변고가 생기면 교수를 의심하라는 뜻에서, 교수의 부친에 대한 일까지를 소상히 제게 다 전해 주신 거라고 여깁니다."

"류쩌우 호텔을 떠나기 직전이라시면, 가방들을 가지러 내리 언니하고 제가 올라갔을 때 두 분이 그 방에 함께 계셨는데, 그때이겠군요?"

기쁨이 고개를 끄덕거리며 물었다.

"그래요. 기쁨 양은 역시 젊어서 기억력이 좋군요. 어쨌거나 제가 그런 얘기를 듣고서도 대비를 않아 이런 결과가 온 것 같아서… 죄책감이 듭니다."

매송이 머리를 조아려 일행에게 용서를 청했다. 내리는 그러는 매송의 모습을 뚫어져라 바라봤고, 다른 사람들은 그럴 수도 있는 일이라면서 너무 자책하지 말라고, 매송을 위로했다.

기쁨은 이 기회에 자기도 매송한테 물어 볼 게 한 가지 있다며, 그 동안 궁금히 여겼던 일을 입 밖으로 꺼냈다.

"그렇다면 쩐쟝의 역술가 얘기는 어떻게 된 거예요? 우연히 맞아 떨어진 경우인가요? 아니면 역시 그 사람은 중국 역술계의 거물이라서 제대로 맞춘 건가요?"

매송이 이번엔 진짜로 당황한 모습을 보였다. 그러나 자기를 바라보는 여섯 명의 눈길에서, 이제 그간의 모든 의문점은 다 풀어야 한다는, 강렬한 요구를 읽고는 고개를 떨궜다.

"아, 그건 정말 제 실수였습니다. 한 마디로 그 사람은 그렇게 유명한 역술가가 아닙니다."

이번엔 여섯 사람이 모두 혼란에 빠졌다. 매송은 사과부터 했다.

"죄송합니다. 본래의 뜻은 그런 것이 아니었는데, 결과적으로 제가 여러분께 큰 누를 끼쳤습니다."

"허, 이런!"

순례가 어이없다는 표정을 지며 혀를 찼다. 매송은 말을 이었다.

"실은 남목청 사건과 관련한 유 교수 부친의 행적에 관해서는 떠도는 풍문이 있어서, 저도 조금은 전부터 알고 있었습니다. 그래서 저 나름으로 그것을 좀 더 확인해 볼 마음에 한 가지 계략을 꾸몄던 거지요."

"계략이라고요?"

길남이 목소리를 높였다.

"미녀의 도시 쩐쟝에 도착했을 때, 다음 날 일정 관계로 찾아 볼 사람이 있다며, 저 혼자 호텔 밖으로 나갔다 온 적이 있습니다. 그때 저는 그 역술가 집으로 갔고, 우리 일행이 오면 말해 달라고 한 가지 주문을 했지요. '이번 여행 중에 일행 중 한 사람은, 자신이 목숨 바쳐 지켜야 할 만한 집안의 큰 비밀이 세상에 밝혀지는 고통을 겪는다.' 이런 예언을 부탁한 겁니다. 물론 복채는 충분히 지불했고요."

"저는 그때 교수와 함께 버스에 남아 있었지만……. 그러니까 작가님은 교수한테 심리적 압박을 가해 그가 이후 어떤 반응을 보일지를 관찰하려고 하셨던 거군요?"

주승이 말했다.

"맞습니다. 유 교수는, 제가 창사에 도착하면 경찰국을 방문해서 남목청 사건 수사 자료의 열람을 요구할 것이란 것을, 서울에서 떠날 때부터 알고 있었지요. 하긴 제 장난기도 일부 작용한 것은 사실입니다. 그런데 막상 그 날, 다들 아시다시피, 전혀 예상치 못한 일이 발생했습니다. 그 역술가는 저의 서투른 중국말을 잘못 이해하고서 여러분한테 엉뚱한 말을 한 것입니다. '이번 여행 중에 누구 한 사람이 죽을 것이다.' 하고 말이지요."

사람들은 아무도 웃지 않았다. 잠시 매우 어색한 분위기가 형성됐고, 매송은 진땀을 흘리며 거듭 죄송하다고 사과했다.

내리가 매송을 궁지에서 꺼내 주려는 듯 입을 열었다.

"그건 그렇고, 이제 교수님은 어떻게 해야 하나요?"

내리는 그러면서 좌중을 둘러봤다. 아까부터 다들 입에 올리지만 않았지 가장 궁금하면서도 시급히 처리해야 할 당면 과제, 그것을 내리가 용기 있게 먼저 꺼낸 것이다.

"당연히 중국 경찰에 넘겨야지, 다른 수가 있겠소?"

길남이 즉각 자신의 생각을 말했다.

"중국 경찰은 아직 이런 사실을 모르고 있지요?"

순례가 매송을 쳐다보며 물었다.

"물론입니다."

매송이 대답했다.

"그러면 한국으로 데려갑시다."

순례가 말했다.

"저도 같은 생각입니다. 서울에서 자수할 기회를 드리는 게 바람직해요."

주승이 동의했다. 길남은 처음엔 이해가 안 된다는 표정을 지었지만, 다른 사람 대부분이 같은 생각을 하고 있다는 것을 이내 알아채고는 더는 입을 열지 않았다.

매송이 대답했다.

"본인도 그걸 원하더군요."

비상 회의는 여기서 끝이 났다.

이튿날 오전 11시, 대한민국 임시정부 유적지 답사단 일곱 명과 조선족 안내자 한 명은 호텔 앞에서 공항버스에 올랐다.

중국 대륙에서 스물아홉 밤을 보내고 새 낮을 맞은 이 날은 공교롭게도 4월 13일, 대한민국 임시정부가 중국 땅 상하이에서 수립됐음을 온 누리에 선포한 지 꼭 여든여섯 해가 되는 날이었다.

일행은 버스에 타서도 아무도 입을 열지 않았다. 유병도 교수는 모든 걸 체념했는지 순순히 일행과 행동을 같이 했다.

공항 출국장으로 일행이 들어가기 직전에, 기쁨은 모든 사람과 일일이 악수를 나눴다. 물론 교수하고도 했다. 교수는 고개를 돌렸지만, 기쁨이 교수의 손을 먼저 잡아 줬다. 교수의 손은 차가웠고 가벼웠다. 내리하고는 가볍게 포옹을 했다.

마지막으로 기쁨은 한솔과 마주 섰다. 한솔이 손을 내밀자 잠시 물끄러미 그의 얼굴을 쳐다보던 기쁨은 두 팔을 양 옆으로 벌렸다. 한솔이 웃으며 그런 기쁨을 가슴에 안았다. 두 사람은 주변의 눈길에 아랑곳하지 않고 뜨거운 포옹으로 석별의 아쉬움을 나눴다.

지난 한 달 동안 깊이 정들었던 동포 여행자들과 작별한 기쁨은, 갑자기 자신이 이 세상에 혼자라는 생각이 들며, 온몸에서 힘이 쭉 빠져나가는 걸 느꼈다. 그래서 가까이 있는 의자로 가서 앉았다.

"아, 참!"

그제서야 생각난 게 있었다. 탑승권을 한 장씩 귀국자들에게 나눠 줄 때, 나중에 펴 보라며 한솔이 슬그머니 그의 손가방 속에 넣어 준 작은 꾸러미 하나…. 급히 손가방에서 꺼내 풀어 보니, 시안호텔 기념품 매장에서 본 것과 똑같은, 아니 바로 그 비취 목걸이였다.

'어머…!'

기쁨은 신들린 듯 그것을 집어 목에 걸었다. 그러자 예쁜 목걸이는 한솔을 대신해서 이렇게 속삭이고 있었다.

"기쁨 씨, 중국에 다시 오게 되면 꼭 미리 연락할게요."

낮 1시 40분, 대한민국 국적의 여객기는 시안 국제공항 활주로를 힘차게 이륙했다.

23
(서울) 뒷얘기

　서울 3호선 전철을 타고 독립문역에서 내린 정내리는 공원 쪽 출구를 통해 밖으로 나왔다. 날씨는 더없이 화창했고, 공원 수풀에서 풍겨오는 수수꽃다리의 은은한 꽃 향기가 내리의 콧속을 간지럽혔다.

　5월 하순 마지막 토요일 오후, 서대문 독립공원을 찾는 사람들은 꽤 많아 보였다. 내리가 공원 앞 큰길의 인도를 지나가는 데도 마주 오는 사람들과 부딪히지 않기 위해선 자주 어깨를 좌우로 비틀며 걸어야 했다.

　공원으로 들어가는 사람들 가운데는 일본인으로 보이는 젊은이들도 눈에 띄었다. 과연 그들은 이 곳이 자신들의 선대가 무력으로 한반도를 강점하고 35년 간 무단 통치하면서, 수많은 이 나라 애국자를 잡아다가 고문하고 처형한 장소라는 것을 알고나 온 것인지 궁금했다.

　내리는 꼭 한 달 보름 전에 중국에서 돌아왔다. 오늘은 중국 땅에서 한 달 간 고락을 함께 했던 답사단 일행을 다시 만나는 날이다. 충칭 병원에 입원하고 있던 노기만 사장이 귀국해 서울에 있는 한 병원에 입원한 지도 한 달이 조금 넘었다. 그래서 고구려여행사 강민규 사장을 비롯한 여덟 명의 답사단은, 이 날 오후 노 사장이 입원하고 있는 병원 휴게실에서 만나, 함께 환자를 위문하기로 했었다.

내리가 약속 시간보다 두 시간이나 일찍 서대문에 도착한 것은 볼일 하나가 더 있어서였다. 마침 이매송 작가의 집이 병원에서 그리 멀리 떨어지지 않은 서대문 독립공원 뒤쪽에 있어서, 병원에 가는 길에 잠시 들러 여행 중에 찍은 사진도 전해 주고, 그 동안 서로 궁금했던 얘기도 나누고 싶었다. 그래서 지금 그는 매송의 집을 찾아 가는 길이다.

참, 유병도 교수는 오늘 그 자리에 참석하지 못한다. 다른 사람들도 이미 다 알고 있겠지만, 그는 이제 이승의 사람이 아니기 때문이다. 교수는 지난 달 13일에 일행과 함께 귀국해 자기 집으로 곧장 돌아갔고, 사흘 뒤, 온누리소식에 자신에 관한 기사가 실린 날 정오쯤, 그가 살고 있던 고층 아파트 옥상에서 투신해 사망했다.

내리는 그 일로 한동안 죄책감에 시달렸다. 유 교수 고발 기사를 신향식 국장한테 전달하기 직전에는, 자신이 하는 일이 과연 옳은 것인지 마지막으로 한 번 더 고민하기 위해서, 민규를 만나 조언을 구했었다. 그때 민규는 조금도 머뭇거리지 않고 대뜸 이렇게 말했다. "너는 기자야! 시민기자도 엄연한 기자라구! 그리고 기자는 국민의 알 권리를 위해 존재하는 거잖아?"

그래서 내리는 노트북에 저장해 뒀던 장문의 기사를 곧장 신 국장한테 전송했고, 인터넷신문 온누리소식은 창간 이래 최대의 특종 기사를 보도했다. 그리고 몇 시간이 안 돼 당사자가 자살했다는 속보도 냈다. 내리는 그 소식을 국장한테서 전화로 들었다. 그러고 나서 그는 사흘 동안 두문불출한 채 집에서 앓아누웠었다.

잇달아 터진, 유 교수에 관한 두 건의 충격적인 뉴스는 내리가 예상한 것 이상의 반향을 이 사회에 불러일으켰다. 우선 한국의 모든 언론은 온누리소식 기사를 옮겨 보도한 뒤에, 저마다 자신들이 별도 취재한 기사를 속보로 보냈다.

국민들과 학계는 원로급 사학자가 완전범죄를 위장해 살인을 -비록 미수에 그쳤지만- 저질렀다는 사실에서 먼저 큰 충격을 받았고, 이어 2대에 걸쳐 유씨 부자가 저지른 반민족적인 친일 행위와 파렴치한 범죄 행위에 경악했다.

충격이 차츰 가시면서, 사회의 관심은 자연히 과거사 정리 특히 친일파 청산과 잘못된 한국 근현대사를 바로잡는 일에 쏠리기 시작했다. 가장 먼저 사단법인 민족문제연구소가 성명을 냈다. 독립유공자들을 다시 심사해서 친일 행위 경력자들을 가려내어 서훈을 취소하고, 국립묘지에 묻혀 있는 친일파 유해들을 솎아 내어, 국립 현충원의 위상을 바로세우라고.

(2004년 2월 민족문제연구소가 발표한 '독립유공자 중 재심 요청 대상자' 명단을 보면, 상당한 친일 경력이나 혐의가 있음에도 애국자로 변신해 건국훈장이나 대통령표창을 받은 자가 모두 25명에 이른다. 그리고 이들 가운데서 나중에 문제가 돼 서훈이 취소된 자는 5명에 불과하고, 나머지 20명은 2006년 7월 현재까지도 시정이 되지 않고 있다. 그러다 보니 이들 가운데 5명은 아직도 대한민국 국립묘지에서 진정한 독립운동가들과 나란히 묻혀 있다. 참으로 민망하고 어처구니없는 일이다.

이렇게 된 배경과 까닭은, 첫째가, 독립유공자를 예우하고 포상하는 서훈제도가, 친일파 군인들이 주축이 돼 탄생한 박정희 군사정부 시절

인 1962년에 처음 제정돼 시행이 되다 보니, 과거 이승만 정부의 보호와 지원 속에 그 동안 성장해 온 각계의 친일 세력들이 부당한 압력과 간섭을 할 수가 있었기 때문이다. 그리고 둘째는, 역대 독립유공자 심사위원들 중에는 친일 경력을 가졌거나 독립운동 변절자 같은 인물이 무려 9명이나 들어 있어서, 처음부터 이들한테서는 공정한 심사를 기대하기 어려웠다. 오히려 이들은 그런 기회를 이용해, 진짜 애국자를 배제하고 매국노를 의도적으로 애국자로 둔갑시키는 물타기를 함으로써, 독립운동가 사회를 웃음거리로 만들고 나아가 민족정기를 훼손하려고 한 것은 아닌지…, 하는 의혹마저 받고 있다.)

국민들의 분노는 각종 인터넷 게시판들에서 뜨겁게 타올랐다. 연일 수천 건의 관련 글이 올라오는 민족문제연구소 누리집에는, 이번 사건을 통해 새 친일파의 뿌리와 실체가 드러났다고 지적하며, 일제의 침략전쟁을 찬양하고 민족의식을 버리고 황국신민이 되자고 외치는, 신종 친일파들을 처벌하는 민족정기법을 하루빨리 제정하자는 주장들이 많았다.

다른 시민단체들도 나섰다. 국회에 계류된 친일재산환수법*부터 이해를 넘기지 말고 반드시 통과시키라고 정치권을 압박하자, 국회의원 대다수가 여와 야를 가리지 않고 경쟁적으로 공감을 표시했다.

중국과 일본을 비롯해 세계의 주요 외신들도 이 사건에 적지 않은 관심을 나타냈고, 관련 논평을 실었다.

(그 가운데 몇 가지를 소개하면 이렇다. 먼저 미국 엘에이타임스 신문은, '이 문제가 반 세기 이상 한국 사회에서 중요한 사항으로 남아

---

* 친일재산환수법은 2005년 12월 8일 국회를 통과했다.

있는 것은, 오늘날 한국의 법조계, 정계, 재계, 예술계 등 모든 분야의 많은 엘리트가 일제 부역자들의 후손이거나 또 친일 유산에서 직접 또는 간접적인 혜택을 계속 누리고 있기 때문이다.' 라고 보도했다.

중국의 신화사 통신은, '한국에서는 이미 이완용과 송병준 같은 친일파의 후손들이 조상 땅 되찾기 소송에서 승소한 적이 있다. 송병준의 외손자는 자유당 때 장관까지 했다. 자유당 집권 시기의 장관 96명 가운데 국외 망명객은 4명이었으나 친일 경력자가 30명이었다는 것도 아이러니한 일이다.'

프랑스 르몽드 신문은, '어제의 범죄를 벌하지 않는 것, 그것은 내일의 범죄에 용기를 주는 것과 똑같이 어리석은 짓이다.' 라고 한, 드골 전 대통령의 말로 관련 기사를 마무리했다.)

이 즈음 다소 소강 상태에 빠져 있던 '대한민국 임시정부 국새 찾기' 운동에도 국민의 관심이 다시 쏠렸다. 그 동안 임시정부 문헌들을 찾기 위한 특별위원회가 대통령 직속 기구로 설치됐지만 현재까지 별 진전이 없다며, 대한민국림시정부기념사업회는 위원회의 좀더 적극적인 활동을 촉구하는 성명서를 발표했다.

내리는 서대문의 한 주택가 어귀에 있는 작은 꽃집에 들렀다. 그리고 하얀 꽃 한 송이가 예쁘게 핀 수련 한 포기를 사서 검정 비닐 봉지에 넣었다. 중국 여행 중에 이 작가가 이 물속식물에 각별한 관심을 보이는 것을 본 적이 있기 때문이었다.

과연 매송은 그가 살고 있는 단독주택 베란다에서 여러 종류의 수련을 키우고 있었다.

"수련은 꽃도 예쁘지만, 실은 물에 뜬 앙증맞은 잎새들이 내겐 더 사랑스럽다오."

매송은 내리가 가져온 수련을 받아 곧바로 조그만 오지그릇에 넣고 흙과 물을 채웠다. 그러고 나서 내리를 데리고 다시 거실로 들어갔다.

그는 거실을 원고 쓰는 작업실로 이용하고 있는 듯했다. 책상 위에는 집필 중이었는지 컴퓨터 모니터가 켜져 있었고, 방 한가운데는 늘 그 자리를 차지하고 있는 것으로 보이는 교자상이 손님을 기다리고 있었다.

매송이 녹차를 새로 우리는 동안, 내리는 손가방에서 조그만 사진첩을 꺼내 교자상에 올려 놓았다.

"이거, 여행 사진이구먼!"

사진첩을 집어 겉장을 넘기던 매송이 반색을 하며 좋아했다.

"네, 선생님. 벌써 잊을 수 없는 추억이 돼 버렸어요."

내리는 중국 여행 중에 자신이 찍었던 디지털 사진들 가운데서 매송이 찍힌 것과 주요 유적지 현장 사진만을 골라, 따로 인화를 해서 가져왔다.

"내리 씨 사진 찍는 솜씨가 이렇게 훌륭할 줄 몰랐소. 고마워요."

"창사 호숫가에서 찍은 것도 있어요. 그것 때문에 선생님께서 수련을 좋아하시는 줄 알았지요."

매송이 천천히 사진을 구경하는 동안, 내리는 지리산 스님한테서 선물로 받은 거라는 국산 녹차를 한 모금 마셨다. 순간 텁텁한 중국 발효차와는 다른 맛이 입 안을 가득 채웠다. 맑고 깊으면서도 달콤한 향기는 목구멍으로 넘어가기도 전에 온몸으로 퍼져 나갔다.

내리는 찻잔을 입술에서 살짝 뗀 채 매송의 얼굴을 가만히 훔쳐봤다.

사십대 후반의 방송작가…, 자신의 일에 자부심을 가지고 있고, 책임감과 애국심이 유난히 강한 남자, 아내와 떨어져 혼자 살고 있어도 전혀 홀아비 냄새를 피우지 않는 깔끔함이 몸에 배어 있고, 그러면서도 자신과 같은 처녀들에겐 형부 같은 편안함을 주는, 한 중년 남성의 안정된 모습이 내리의 눈에 들어왔다.

그러나 그에겐 묘한 구석도 있었다. 성실하고 선량해 보이는 인상 뒤에 숨어 있는 자유스러움과 비밀스러움이 바로 그것이었다. 내리로선 그 점이 한 달 외국 여행의 동반만으로는 좀처럼 풀 수 없는 미스테리이기도 했다.

내리는 비행기가 시안 국제공항을 이륙할 때부터 꼭 한 번 물어 보고 싶었던 말을 조심스럽게 꺼냈다.

"저… 이 선생님, 한 가지 여쭤 봐도… 되겠어요?"

"그래요. 뭐든지…."

매송은 사진첩에서 눈을 떼지 않은 채 대답했다.

"그때 선생님께서……"

내리가 다시 막 입을 여는데, 매송이 고개를 쳐들었다.

"혹시… 여행 떠나기 전에 방송국에 제출한 내 기획안이 그 뒤 어떻게 됐는지 그게 궁금한 것 아니오? … 쓰래요, 내년 광복절 특집으로…. 일단 삼십 회를 방송하는 걸로 했고요. 그래서 요샌 종일 그 일에 매달리느라 도장에 갈 짬도 없답니다."

처음엔 매송이 하는 말을 내리는 얼른 알아듣지 못했다. 그런데 책상 주변에 아무렇게나 널려 있는 독립운동 관련 서적들에 눈길이 가는 순간, 그가 한 말의 뜻을 이내 알아차렸다.

"어머, 임시정부를 소재로 하셨다는… 선생님의 드라마 기획안이 마침내 채택됐군요? 정말 기쁜 소식이에요! 어느 방송이죠?"

내리는 자기 일처럼 반가워하며 환호했다. 그러나 매송의 표정은 집필에 따른 압박감 때문인지 내리의 마음처럼 가벼워 보이지가 않았다. 매송은 찻잔을 교자상에 내려 놓았다.

"방송사에서 하는 일이 늘 그래요. 내가 이 기획안을 처음 낸 때가 삼 년 전인데, 그때만 착수했어도 백 퍼센트 사전 제작이 가능했을 것이고, 지금쯤은 아마도 예고 방송을 내보내고 있을 거요. 임시정부에 대한 요즘 같은 뜨거운 사회 분위기가 과연 내년 여름까지도 이어질는지, 난 그게……."

매송은 짧게 한숨을 쉬었다. 그러고는 교자상 밑에서 쟁반 하나를 꺼냈다. 거기엔 호두 여남은 개가 이미 깨 먹은 빈 껍질들과 뒤섞여 놓여 있었다.

"호두 좋아해요? 여자들 피부 미용에도 좋다던데…?"

호두가 피부 미용에 어떤 작용을 하는지는 잘 몰라도, 호두과자를 좋아하는 내리로서는 마다할 까닭이 없었다. 내리도 찻잔을 내려 놓았다.

"그럼요! 좋아하고말고요!"

매송이 이번엔 역시 교자상 밑에 있던 두꺼운 전화번호부를 꺼내고, 그 위에 올려져 있던 뭉툭한 옥돌 하나를 집어 들었다. 그리고 익숙한 솜씨로 호두를 내리쳤다. 이내 호두 껍질이 깨지고 속에서 토실토실하게 잘 영근 하얀 알맹이가 나왔다.

내리는 호두 알맹이 하나를 입 안에 넣었다. 그러나 목구멍에선 조금 전에 하려 했던 말이 여전히 걸려 있어서, 그 맛이 느껴지지 않았다.

"선생님, 궁금한 게 또 있어요."

"내리 씨는 천상 기자라니까…! 좋아요, 얼마든지 물어 봐요. 내가 아는 건 다 말해 줄게요."

매송은 다시 옥돌을 들어서 다른 호두알을 깼다.

"유 교수님과 관련한 건데요. 시안호텔에서 선생님께서 사건의 전말에 대해 설명하실 때, 교수님의 부친인 유갑성 씨가 일제의 밀정이었던 사실을 선생님께선 노 사장님한테서 듣고 알게 되셨다고 하셨는데, 그게 사실인지요?"

매송이 고개를 쳐들고 내리를 물끄러미 바라봤다. 내리는 용기를 내어 속에 담고 있던 생각을 마저 꺼냈다.

"그러니까 제 말은요, 유갑성 씨의 친일 행적…, 다시 말하면 남목청 사건에 그 사람이 관련됐다는 사실을 노 사장님한테서 이 선생님이 처음 들으신 게 아니고, 반대로 이 선생님께서 노 사장님한테 알려 주신 게 아닌지…, 그런 생각이 들었거든요."

"왜 그렇게 생각했지요?"

"왜냐 하면요, 그 날 전장의 역술가 얘기가 나오자, 선생님께선 당황하셔서 그러셨는진 몰라도 얼떨결에 하신 말씀이 있어요. 남목청 사건과 관련한 유 교수 부친의 행적에 관해서는 떠도는 풍문이 있어서, 이 선생님께서도 이미 전부터 일부분 알고 계셨다고요. 그때 다른 사람들은 모두 역술가 했던 불길한 예언에만 관심이 있어서 무심히 들은 것 같은데요. 전 그럴 수가 없었어요. 그러니까 제 생각으로는, 유갑성 씨에 관한 모든 얘기는 처음부터 이 선생님만 알고 계셨고, 노 사장님은 그 애길 이 선생님한테 듣고 나서 유 교수를 협박하기로 마음먹은 게 아닌가, 하는 거예요. 그래야만 여행 중에 생긴 모든 수수께끼가 대체로 풀리거든요."

매송은 잠시 두 눈을 끔벅거리며 뭔지 생각하는 듯하더니, 이윽고 담담하게 입을 열었다.

"역시 내리 씨는 타고난 기자요. 놀라운 관찰력과 분석력을 가졌어요. 그래요, 실은 내가 노 사장한테 그런 사실을 가르쳐 줬어요. 류쩌우에서 기차역으로 떠나기 전에 노 사장과 나 둘이서만 호텔 방에 있은 적이 있었잖아요? 그때 내가 알고 있던 것을 모두 노 사장한테 말해 줬소."

"그러면 노 사장님은 당연히 그걸 이용해서 교수님을 협박하실 텐데…, 이 선생님께선 거기까지 예상하고 그러신 거겠죠?"

내리가 차가운 눈길로 물었다.

"아니, 예상을 한 게 아니고, 오히려 그렇게 하도록 내가 은근히 부추겼다는 게 맞아요."

대꾸할 말을 잃어 버린 내리는 갑자기 낯설어 보이는 매송을 뚫어져라 쳐다봤다. 그런데 매송의 모습은 어느 때보다 침착했고, 자신이 하고 있는 말의 내용을 정확히 인식하고 있는 듯했다.

"그래요. 나는 답사 여행을 처음 기획할 때부터 유갑성의 비밀을 알고 있었고, 여행을 통해서 남목청 사건의 실체를 반드시 밝히고 싶었소. 그래서 유 교수를 여행에 애써 참여시킨 것인데, 창사 경찰국 방문이 성과 없이 끝나면서 나는 갑자기 조급해지기 시작했다오."

"마침 그 때에 유 교수님한테 목을 매는 노 사장님이 나타나셨고, 그리고 그 두 분은 자신도 모르는 새 이 선생님이 꾸민 각본 속의 배우가 되셨군요."

"그렇소. 노 사장의 등장은 원래의 내 계획에는 없던 돌출 변수였소. 나는 유 교수가 부친의 친일 행적을 어느 정도 알고 있으리라고 믿었고, 노 사장이 그 일을 가지고 협박하면 교수가 어떤 식으로든 예민하게 반응할 것이니, 그 때 증거를 포착할 수 있겠다고 생각한 거요. 이것이… 내가 선택할 수 있는 최후의 방법이었소."

"그러셨군요…!"

"하지만 노 사장의 협박이 교수의 살인 기도로까지 확대될진 정말 예상 못 했소. 교수의 최후는 더욱 그렇고……."

매송은 눈을 감았다. 역시 그도 내리 자신이 교수의 죽음 앞에 괴로웠던 것 이상으로 마음 고생을 하고 있음이 느껴졌다.

내리는 식은 녹차를 한 모금 입 속으로 털어 넣고 잠시 생각해 봤다. 그렇다. 이 작가나 자기나 교수의 죽음에 전혀 책임이 없다고 할 수는 없다. 동병상련의 심정이랄까.

거실엔 두 사람의 숨소리만 들릴 뿐 한동안 침묵이 흘렀다. 마침내 풀죽은 내리가 먼저 입을 열었다.

"교수님의 마지막 선택은 분명 잘못된 거지만, 아버지의 죄 값을 자식으로서 대신 짊어지고 민족 앞에 속죄한 행동이라고 믿고 싶어요."

매송도 내리 말에 고개를 끄덕였다.

내리는 호두 알맹이를 하나 더 입 안에 넣었다. 향긋하고 고소한 맛이 혀끝에서 감돌더니, 알맹인 금세 입 안에서 눈 녹듯이 사라졌다.

"그건 그렇고요, 선생님. 대체 선생님께선 그런 비밀을 어떻게 다 아셨어요? 떠도는 풍문이 있었다고 하셨지만, 그 역시 믿기지가 않아요."

매송은 다시 호두를 깨기 시작했다. 집필 작업 중에 호두를 깨 먹는 취미 생활은 아마도 담배를 끊을 때 생긴 버릇 같았다.

"내리 씨, 혹시 우에다 마사노리라고 하는 일본사람 이름 들어 본 적 있어요? 남의 자서전을 대필하거나 전기물을 주로 쓰는 작가인데…?"

내리는 들어 본 이름 같긴 한데 잘 모르겠다고 대답했다. 매송은 자신이 유갑성의 친일 행적을 알게 된 경위를 설명했다.

우에다 마사노리…, 그는 친한파 성향의 일본인 전기 작가이다. 그런 그가 일본 정계의 거물인 이시하라한테서 자서전 대필을 부탁 받았고, 작업 중에 그는, 한국에서 유명 인사로 살았던 유갑성이 저지른 제 민족 반역 행위를 알았다. 그런데 그가 지난 해 여름 중국을 여행했는데, 베이징에 있는 골동품 상가 류리창엘 들렀다가 골목에서 중국인 펙치기들한테 공격을 받았다. 그 때 우연히 그 길을 지나던 매송의 눈에 그 장면이 목격됐고, 매송은 검도 실력을 적절히 발휘해 그를 용케 구했다. 그 뒤로 두 사람은 친구가 됐다. 그리고 우에다는 자국의 독립 운동사에 심취해 있는 이 한국인 방송작가의 집념과 열정에 감동이 돼, 자신이 알고 있는 유병도 부자의 매국적인 행적을 귀뜸해 줬다.

그 때부터 매송은, 수수께끼로 남아 있는 남목청 사건의 진상을 밝히기 위해 온 힘을 기울였다. 그러나 당사자인 독립유공자 유갑성은 이미 고인이 됐고, 그의 아들 유병도는 사학계의 거물로 군림하고 있어서, 그 일은 쉽지가 않았다. 그러다가 떠오른 생각이 대한민국 임시정부 유적지 답사 여행이었고, 매송은 그것이 유병도 교수를 곁에서 직접 관찰하며 증거를 잡을 수 있는, 더없이 좋은 그리고 마지막 방법이라고 여겼다.

"그럼 노 사장님의 부친이 해방 직전 경성 육군헌병대에서 근무할 때 이시하라를 상관으로 모셨다는 것도 꾸며 낸 얘긴가요?"

"아니, 그건 사실이오. 다만 이시하라가 노춘삼한테 유갑성에 관한 얘길 흘렸다는 것이 사실이 아닐 뿐이오. 아무려면 이시하라같이 노회한 자가 그런 엄청난 사실을 단지 옛날 부하라고 해서 그리 함부로 발설하겠소? 노춘삼은 죽을 때까지도 그 사실을 몰랐고, 따라서 그의 아들 노기만 사장 역시 전혀 알고 있지 못했소."

매송은 말을 마치자 호두를 또 하나 골랐다. 내리는 그의 손 동작을 무심히 지켜 보면서 생각했다.

'그래, 지금 이 작가가 들려 주는 얘기는 모두 사실일 거야!'

매송이 옥돌을 가슴께로 들었다가 내리쳤다. 순간 호두 또 하나가 깨지는 소리를 내며, 하얀 속살을 세상 밖으로 밀어 냈다. 그 때 내리의 얼굴색이 갑자기 하얗게 변했다.

"가만! …선생님, 혹시 그거 국새 아녜요? 선생님이 찾아 내셨다는 임시정부 국새…?"

매송은 어이가 없다는 듯 고개를 들어 내리를 쳐다봤다.

"뭐요, 국새…?"

그리고 그는 소리내어 웃었다.

"하하하…, 그럴 리가요! 이건, 달에서도 보인다는 세계 최장의 성벽 만리장성을 쌓은 진시황제가 썼던 옥새요."

그러면서 매송은 손에 쥐고 있던 옥돌을 내리 앞으로 내밀었다. 내리가 얼른 받아 자세히 살펴보는데…, 옥으로 만든 도장의 형상은 틀림없고, 크기 또한 텔레비전 대담 때 본 임시정부 국새와 엇비슷했다. 그러나 손잡이면에 새긴 용 조각이 너무 또렷한 것을 비롯해, 전체적인 느낌이 오래 된 골동품과는 거리가 있었다.

내리가 믿지 못하겠다는 표정을 짓자, 매송이 빙긋이 웃었다.

"안 믿어져요? 그럼 날인면을 봐요, 뭐라고 적혀 있는지…? 한자로 '진시황새(秦始皇璽)' 라고 써 있지 않아요? '새' 란 말은 임금이 쓰는 도장이란 뜻이오."

네모난 날인면에 새겨진 한문 글자는 너무 어려워서 얼핏 알아보기는 어렵지만, 그런 것 같긴 했다. 하지만 내리의 눈초리가 여전히 의심의 빛을 띠자, 매송이 이번엔 껄껄 웃었다.

"그래요. 잘 봤어요. 가짜 도장이라오. 중국 시안에 가면 이런 것만 만들어 놓고 파는 늙은 도장장이가 있어요. 삼국시대 촉한의 초대 황제 유비(劉備)의 이름이 있는가 하면, 청나라 황제들이 썼던 것에서부터 장제스 국민당정부 주석이 썼던 것에 이르기까지, 역사적인 인물들의 도장은 다 있는데, 때로는 주문 제작도 해 준다오. 고객이 지불하는 돈에 따라 모조품은 더욱 감쪽같아질 수밖에 없고……."

과연 그것은, 조금만 눈여겨보면 전문가가 아니더라도 금세 알 수 있을 정도로 조잡하게 만든 관광 상품에 불과했다.

내리와 매송은 답사단 일행과 만나기로 한 약속 시간 이십 분 전에 집에서 나왔다. 노 사장이 입원하고 있는 병원까지는 걸어가도 그 시간이면 충분하다고 했다.

서대문 큰길 네거리에서 두 사람은 횡단보도를 건넜다. 그리고 광화문 쪽으로 조금 더 걸어, 길 옆 언덕바지에 있는 병원 앞에 이르렀을 때, 내리의 머릿속에선 방정맞게도 이런 생각이 문득 떠올랐다.

'주문 제작…! 그렇담 그것은 정교한 모조품…?'

병원 울 안에는, 대한민국 임시정부가 환국해 역사적인 첫 국무회의를 개최했고, 백범이 피격 서거할 때까지 집무했던 경교장이 현대식 고층 병원 건물들 틈바구니에서 오똑하니 서 있었다.

'그때도 국새는 저 곳에 있었으련만…!'

내리는 정말 안타까웠다.

〈끝〉

대한민국 임시정부
문헌 분실 전말기

김승학 지은 '한국독립사' 363쪽부터 366쪽에는, 대한민국 임시정부 국무위원이었던 조
경한(趙擎韓 1900~1993) 님이 1953년 10월에 쓴 '大韓民國前 臨時政府 文獻 被災顚末
記'가 실려 있는데, 그것을 여기에 옮겼다. 다만 어려운 한자말이나 옛말투는 요즘 말로
맞춤법에 따라 고쳐 적고, 이따금 도움말을 괄호 안에 보탰다. ─이봉원

대한민국 (임시정부) 기원 27년(1945년) 을유년 8월 왜적의 패망으로, 그 해 11월에 임시정부와 임시의정원(이하 각 '임정', '임의원'으로 약칭) 기관 전체가 중국 충칭(重慶)에서 귀국하게 될 때에, 중국과 미국 등 우방의 비행기를 이용하게 된 관계로 휴대물품에 대한 적재 중량에 제한을 받게 되어, 가장 귀중한 문헌도 특별히 정리하여 임정의 문헌과 물품을 넣은 상자 10개와 임의원의 문헌과 물품을 넣은 상자 3개, 합해 모두 13개 상자(대형 가죽가방)를 싣고 귀국하였다.

　　그 때부터 민국 28년(1946년) 1월 중순까지는 서울시 경교장(백범 주택)에 간직하였다가, 그 뒤 당국의 분란으로 그 달 하순경에 사직동 모씨 집으로 옮겨 보관하였는데, 이 곳도 불편하다 하여 그 해 2월에 다시 임의원의 문헌과 물품 상자 3개는 임의원의 후신인 '비상정치회의' 본부로 옮기고, 정치문헌과 물품 상자 10개만은 낙산장(駱山莊, 曺晴사 주택)에 옮겨 놓았는데, 그 뒤로도 시국이 여전히 불안함에 따라 또 다시 이전 보관하는 문제가 생겼다. 차제에 은행에 보관하자는 말도 있었으나, 결국은 종전과 같이 서민들이 사는 구석지고 으슥한 마을 안에 은밀히 보관하자는 의견이 다수였으므로, 그 해 5월에 다시 정리하여 상자 10개를 8개로 만든 뒤, 6월에 혜화동 조남직(趙南稷, 임정 비서처 서무위원회 용도과장으로 복무 중.) 군의 주택으로 옮겨 보관케 하였다. 그 뒤 조군이 가정 사정으로 성북동으로, 성북동에서 돈암동으로 두 차례에 걸쳐 이사를 하게 됐는데, 이 보관물도 그 때마다 함께 옮기는 것을 (비서처는) 허용했다.

그리고 민국 32년(1950년) 6·25사변이 일어났다. 맨몸으로 피난하기도 어려운 상황에서 다량의 물품을 가지고 행동할 수가 없기 때문에, 나는 부득이 6월 30일 홀몸으로 피난길에 올라 남쪽으로 내려갔다. 그리고 세월이 흘러 나의 피난생활도 어언간 4년이나 되었다.

그 동안 난민의 신분으로서 전주와 부산 간을 배회하면서 골몰하고 겨를이 없는 가운데서도, 나에게 지워진 책임감과 민족운동자의 양심적 의무감에서 보관물에 관한 염려가 한시도 떠나질 않았다. 그래서 하루라도 빨리 상경하여 난리 후의 결과를 알아보려고 줄곧 노력하였지만, 일이 뜻대로 되지 못하고 빙글빙글 지체만 됐는데, 그것은 다음과 같은 몇 가지 애로점이 있었기 때문이다.

(1) 몇 차례 들리는 말에 의하면, 보관자인 조남직 군이 공산군에게 납치됐을 때 가족이 원거주지에 살지 못하고 사방으로 흩어져 피난 중이라 하니, 우선 그들의 현 주소지를 알아내야 하고,

(2) 수도가 전쟁계엄지구인 관계로 도강 제한이 가혹하여 출입이 용이치 못했고,

(3) 나의 무능을 자백하는 말 같지만, 설사 그 지역에 별도로 들어갈 수가 있다 하더라도, 황폐한 옛터에서 달라진 주소를 찾아내자면 상당

한 시일과 경비가 요청되는데, 전시생활의 형편에서는 간단한 문제가
아니었다.

그러다가 1953년 5월에 다시 들리는 말이, 남직 군의 가족 일부가 친
척인 고 임성주(林聖周) 씨 댁(충남 부여군 대왕리)에 머문다기에 가서
찾아보니, 그 말은 와전된 것이었고, 다만 남직 군의 납치설만을 확인
하기에 이르렀다. 그 댁에는 남직 군의 육촌 아우인 남중(南重) 군이
잠시 머물다가 서울로 돌아갔는데, 혹시 그 아우가 남직 군 가족 사정
을 알 수 있을까 하여, 그의 주소를 알아 가지고 돌아왔다.

그 해 7월 입경 제한도 어느 정도 해소되었고 여비도 가까스로 준비
되었으므로, 보관물을 찾고 또 다른 일들도 보기 위하여 9월 5일에 상
경하였다. 그리고 며칠 뒤 조남중 군의 주소지를 찾았는데, 이미 주소
는 변하고 바뀌어 헛수고가 되었다. 남직 군 가족 찾기를 단념하고 달
리 찾을 궁리를 하던 차에, 조씨 집안의 객인이면서 나와도 오랜 친구
사이인 조일청(趙一淸) 군이 현재 '한국대학'에 근무 중이라는 말을
듣고, 9월 14일 찾아갔던 바, 마침 부재중이라 방문의 뜻을 적은 쪽지
를 남기고 돌아오자, 이튿날 이 사람이 내 주소로 나를 찾아왔다. 그래
서 그의 안내로 조남중 군이 이사한 집(신설동 268의 10호)을 찾아갈
수 있었다. 신설동 집에는 남중 군이 군대 나가 없고, 부인만 있었는데,
조남직 군의 집안 사정을 물으니, 보문동에 사는 친척 조순구(趙舜九)
씨 댁을 가보라고 했다. 그 댁에는 남직 군의 노부모가 거주하고 있고,
부인과 아이들이 그 곳에 내왕하고 있으니, 사실을 잘 알게 되리라는
것이었다. 그래서 그 곳으로 달려갔던 바, 남직 군의 처자 두 사람은 없
고, 부모 두 분만 집에 계시나 노쇠한 데다가 중병이 들어 말 그대로 인
사불성이었다. 마침 두 노인을 간병하고 있는 과부(남직의 육촌 여동

생)가 있어, 남직 군의 가정 사정을 물으니, '남직은 동란 중에 납치된 것이 사실이며, 부인과 아들은 부산으로 피난 갔다가 근자에 돌아와 부인은 폭파된 원주택 수리에 바쁘고, 아들은 식산은행에 근무하고 있다. 서울 원거주지(돈암동 주택)는 피난을 안 간 노부모 두 분이 지켰는데, 공습을 받아 피해가 있어, 지금 이 집으로 옮겨와 기거 중이나 노환으로 누워 지낸다.' 고 알려준다. 남직의 아들 광련(光鍊) 군을 먼저 찾기 위하여, 일청 군과 같이 식산은행으로 향하였다.

광련 군을 만나 이야기를 나눠 보니, 과부가 한 말과 같으며, 보관물 문제에 대해서는 다소 신중해지면서 가급적 구체적인 답변을 회피하는 듯하였다. 그의 말을 요약하면, '돈암동 주택이 난중 공습으로 타서 없어졌는데, 보관품도 아마 그때 타서 없어졌을 것이다. 자세한 내용은 어머니한테 물어 보라. 다만 보관물 가운데 기치(깃발)들은 난중에 적의 눈에 띄면 위해가 미칠까 두려워서 피난가기 전에 끌어내어 태워 없앴고, 오직 큰 깃발 한 장만은 (자신이 근무하는) 이 곳 식산은행에 기증하여, 그때부터 지금까지 은행에서 사용하고 있다.' 고 하므로, 문답은 이에 그치고, 그 모친과 만날 날을 그 달 18일로 정하고 돌아왔다. 그런데 17일에 갑자기 고향에 있는 가족의 병환 소식을 듣고 황황히 서울을 떠나게 되매, 광련 군의 모친을 만나는 일은 종로에 사는 윤태영 군에게 맡기고 귀향하였다가 그 달 30일에 상경하고 보니, 윤군 또한 개인 사정으로 내 부탁을 이행치 못하였다. 그래서 10월 2일 은행으로 광련 군을 다시 찾아 그간 사정을 말하고, 다시금 그의 모친과 만날 시기를 정하였다.

10월 3일 보문동 조순구 댁을 거쳐 조남직 군의 돈암동 원주택을 간신히 찾아서 그 부인과 아들 광련 군을 만나게 되었는데, 가옥 파괴와

물품 소멸에 관한 경과와 실제 현상을 듣고 본 내용은 다음과 같다.

(1) 부인의 진술을 요약하건대…, 6·25 동란 중 남편은 납치되고, 팔순 노부모와 자식과 함께 갖은 험난을 겪고 지낼 때, 임정 보관물 전체는 안채 서쪽에 있던 작은 창고(서부 소창고)의 밑바닥에 깔아 두고, 그 위에다가 자택의 각종 세간을 쌓아 두었는데, 1·4 후퇴 때 시부모 두 분만 집에 남겨 놓고 모자가 부산으로 피난을 다녀온 사이, 이 집이 공습을 받아 소이탄(건조물 등을 불태우는 데 쓰는 포탄)의 해를 입는 바람에, 창고는 완전히 불에 타 없어지고, 저장물 하나 건지지 못하였으며, 안채와 담장도 보다시피 저렇게 파괴됐다는 것이다.

부인의 말끝에, "보관물 중 큰 국기는 식산은행에 기증하였다고 하는데 사실입니까?" 하고 물으니, 부인은 "네, 그랬지요. 보관물 중 깃발만은 적의 눈에 드러나면 위해가 미칠까 두려워서 따로 끌어내어, 불태울 것은 불에 태우고, 큰 국기 한 장은 은행에 기증하였소." 하는데, 이는 전날 광련 군이 한 말과 같았다.

(2) 현장의 실제 모습은…, 주택은 돈암동과 신설동의 경계인 돈암동 남쪽 기슭의 중턱에 있는 큰길 북쪽에 자리 잡은 건물로, 소규모 문화주택으로 건축한 일본식 단층 남향집인데, 이른바 서부창고라는 것은 현재 건물은 없어져 보이지 않고, 다만 시멘트 기초 바닥만 7, 8평가량의 면적이 남아 있는데, 그 기반이 안채 서쪽 벽에서 약 1미터 남짓한 거리에 있다. 새로 세운 듯한 바깥 울타리는 검정 칠을 하였고, 온돌을 새로 까는 등 이미 보수공사에 들어간 안채에는 곳곳에 피해 흔적이 아직 남아 있는데, 서쪽 벽 모서리가 약간 상했고, 각 창문은 모두 파괴됐었던 듯 새로 수리가 돼 있다. 기왓장과 토벽의 몇 부분에 가벼운 파상이 있고, 안채 서쪽 내벽에는 검은 기름이 튀어 붙은 크고 작은

혼적들이 약간 남아 있다.

이러한 사정을 본 나로서는 절망적인 마음과 슬프고 분한 마음을 진정키 어려웠다. 임정의 국무위원이며 비서장이었던 나로서 느끼는 주무자의 책임은 물론이요, 수십 년의 민족운동자라는 신분으로나 민족의 한 평범한 구성원의 처지로 보아서도, 나라를 잃은 뒤 나라를 찾기 위한 투쟁의 역사에서 가장 주류적 정수가 될, 보물같이 귀한 문헌들이 단 한 조각도 남지 않고, 혼적도 없이 몽땅 사라진 이 참혹한 지경에 이르니, 어찌 통한치 않을 수 있으랴.

어쨌거나 이 보관물이 보관자의 고의든 실수든 간에 이미 사라진 것만은 90퍼센트가 틀림없는 사실로 판단된다. 여기에 나의 사적인 도의적 감상과 공적인 이지적 비판을 분류해 간단이나마 거론해 본다.

(1) 사적으로는, 조남직 군은 내 친구이자 동지인바 불행한 고통의 곤욕을 치른 데 대하여 매우 가슴이 아프고, 그 가족한테도 가슴이 메도록 가엾다는 동정심을 표하지 않을 수 없다. 따라서 보관품 문제에 관하여도 호의적으로 처지를 바꾸어 추측한다면, 주인공은 이미 납치되었고, 참혹하고 잔악한 동란 중에 웬만큼 식견과 담이 큰 자도 의지가 줄고 동요하기 마련인데, 하물며 생각이 짧고 소심한 부인의 처지로는, 시국을 판별키 어려운 환경에서, 속담에 '내 코가 석자'라고, 자신도 안전을 보존키 어려운 지경에, 화약이 든 것처럼 위험시되는 보관물을 맡아 지키다가 자칫 잘못하면 뜻밖의 다급한 재앙을 초래할지도 모른다고 여겨, -사실은 그렇지 않지만- 그럴 필요가 무에 있는가 하는 생각을 하였거나 또 그렇게 행동하였을 수도 있으리라고 이해가 되기도 한다. 그러나…

(2) 공적으로는 냉철히 검토하고 비판하지 않을 수가 없다. 주택의

실제 피해 정도를 놓고 볼 때, 부인의 진술 내용을 그대로 다 수긍하기 곤란한 점들이 있다. 왜냐 하면, 부인이 말하기를, 보관물 중에 깃발만큼은 적의 눈에 띄기라도 하면 위해가 미칠 수 있는 일이라서 따로 처분하였다고 하였는데, 위험한 물건으로 치나 중요한 것으로 보나 깃발보다는 오히려 기록 문헌이 몇 배나 더 그럴 것인데, 어찌 정반대로 깃발부터 처분하였는지, 이것이 첫 번째 의문점이다.

설령 호의로 해석하여, 보관물을 더욱 간편히 정리할 필요가 있어, 장차 쓰임에서 비교적 가치가 적은 깃발을 따로 빼 놨다가, 나중에 보관물에 함부로 손을 댔다는 추궁을 받을까 봐서, 위해설을 꾸며낸 것은 아닌지, 이것이 두 번째 의문점이다.

나아가 좀더 나쁜 쪽으로 추정을 하면, 보관물은 모두 화가 미칠 수 있는 위험한 물건이며 두통거리이기 때문에, 전부 없애 버렸는데, 다만 간편한 깃발만은 굳이 태울 필요까지는 느끼지 않아, 그 댁과 관련이 있는 식산은행에 선심 쓰듯이 기증하였는데, 처음엔 이런 사실마저 비밀에 부치려고 했던 것은 아닌지, 이것이 세 번째 의문점이다.

다음으로 의심스러운 점은 피해 건물이 소이탄을 맞아 부서지고 불에 탔다고 강조하면서, 그 실증으로 내벽 표면에 남아 있는 몇 개의 검은 기름 얼룩점을 지적하는데, (소이탄이 아닌 일반) 포탄 투하 시에도 간혹 검은 기름이 튀어 붙는 실례를 본 적이 있는 만큼, 전적으로 기름 얼룩점을 소이탄 폭격을 받은 유일한 증거로 삼을 수는 없다. 설사 그것이 진정한 사실이라 하더라도, 겉으로 보기에는 드러난 부분이 극히 희박할 뿐더러, 전반적으로 주택의 피해 실태를 보건대 폭격을 맞아 생긴 피해로는 믿어지나, 소이탄을 맞아 생긴 피해로 판정하기는 곤란하다. 왜냐 하면 창고와 안채의 거리가 1미터에 불과한데, 창고에 붙은 불기운이, 설사 바람이 없었다 하여도, 안채에 불길이 닿지 않을 리 만무하며, 설령 연소는 면하였다 하더라도 적어도 가까운 안채 벽면에는 불에 그스른 흔적이라도 반드시 남아 있게 마련인데, 그런 것이 전혀 발견되지 않았고, 다만 서쪽 벽 모서리를 비롯해 전체 벽 몇 군데가 원래의 벽 색깔 그대로 약간 파손되었을 뿐이다. 그런데도 가족(부인과 아들)이 한 목소리로 소이탄을 맞았다고 주장하는 속뜻은 무엇인가? 포탄의 피해라면 저장물의 잔해가 몇 가지라도 남아 있어야 할 터인데, 그때 그것을 수습하지 못한 관계로,—이와 비슷한 이야기를 그들 근친 중에서 귀띔해 주는 이도 있었다.—그 사실을 감추기 위하여 소이탄에 맞아 보관물이 모두 불에 타 없어졌다고 거짓말을 하는 것은 아닌지, 이것이 네 번째 의문점이다.

또한 그것이 아니라면, (세 번째 의문점대로) 처음부터 두통거리인 보관물을 다 없애 버린 뒤에, 마침 주택이 포탄에 맞는 피해를 입자, 그쪽으로 둘러대는 것은 아닌지, 이것이 다섯 번째 의문점이다.

그러나 그때의 환경과 한 개인에 불과한 나의 신분으로서는, 상대방에게 따지고 물어서 보관물이 있는지 없는지 그것이나 확인할 수 있을 뿐, 연기처럼 사라진 원인을 철저히 밝히는 그 이상의 행동은 사실상 불가능한 것이므로, 복잡한 감정을 꾹 참고 돌아왔다.

그리하여 그 달 5일에, 나는 광련 군이 기증하였다는 국기라도 찾으러 식산은행을 다시 찾아갔다. 광련 군에게 내가 온 뜻을 설명하고 상급 책임자와 면담을 하게 해 달라고 요구하였더니, 그는 말하기를, 깃발은 원래 기증하였기 때문에 되돌려 받기가 곤란하며, 기증 받은 자 또한 상급자가 아니고 대부과에 근무 중인 한집안 사람 조남온(趙南溫)인데, 그가 다시 창고과로 그것을 넘겨 보관시켰다고 하였다. 그래서 나는 상식에 비추어 봐도 소유권이 없는 사람이, 부득이한 경우에 행여 보관물을 옮겨 보관할 수는 있으나, 임의로 남에게 기증하였다는 것은 무리한 처사였다고 꾸짖은 뒤, 함께 남온 군을 찾아가 내가 온 뜻을 말하니, 남온 군은 선선히 자리에서 일어나 창고과로 갔다. 이내 되돌아온 남온 군은 말하기를, 담당자가 마침 없으니 내일 다시 오시는 게 어떠냐고 하였다.

그리하여 사흘 뒤인 8일에, 나는 광온 군을 사무실로 다시 찾아갔다. 광온 군은 깃발 몇 장을 내 주면서, 원래 국기(태극기)와 외국기 몇 장을 받아,―광련 군 모자가 한 말과는 뚜렷한 차이점이 있다.―외국기들은 창고에 넣어 두고 대형 국기 한 장은 사용하여 오던 중, 은행이 난을 피해 부산으로 내려갔다 돌아와 보니, 그것이 어디에 떨어졌는지, 이제 아무리 찾아 봐도 발견되지 않아서, 외국기들만 돌려주는 것이라고 하였다.

이런 경우를 당하매 또다시 실망감이 머리를 짓눌렀다. 설사 국기가 건재하다 하더라도, 마치 창고 가득한 다량의 곡물을 다 잃어버리고 겨우 싸라기 몇 줌만 건진 것처럼, 마음이 서글프기 짝이 없을지나, 그래도 그 국기는 예사 국기가 갖는 의미 외에 특별히 오랜 기간 혁명(독립운동) 투쟁에 사용하던 역사적인 의의가 있어 온갖 시름을 달랠 수도 있는 대상이거늘. 오, 슬프도다. 이것 역시 회수할 길이 암담해졌고, 임시 교제용으로 이따금 쓰던 낡고 때묻은 외국기 몇 장(그나마 온전치 못한 중국기, 미국기, 영국기로 모두 7장)만 손에 쥐니, 이야말로 한심하기 짝이 없고, 또 이것들이 대관절 무슨 효용 가치가 있으랴. 그래서 처음엔 그것들을 그 자리에 놔 두고 빈손으로 나오려고 하다가, 그럴 수도 없어 억지로 가지고 나오면서, 나중에라도 좀 더 찾아보라고,

광온 군에게 거듭 당부를 했다.

　이상이 임시정부 문헌 보관품 분실 사건에 관한 전말이다.

　이 기회에 한 가지 더 기록으로 남겨야 할 것이 있다. 이 사건과는 직접 관련이 없지만, 같은 임정의 유물 중 귀중품에 관한 것으로, 즉 임정의 공인(公印)상자 분실에 관한 것이다. 이것은 손에 들 수 있을 정도로 작은 상자인데, 6 · 25사변 전에는 내 손수 보관하고 있다가, 사변 때 피난을 하기 위해 서울을 떠나면서 당시 혜화동에 살고 있는, 동지며 같은 계열인 조태국(趙泰國) 군에게 맡겼다.

　그 뒤 민국 32년('35년'을 잘못 적은 듯. 1953년임.) 6월에 신당동에 사는 유선기(柳善基, 평상시 함께 지내던 청년 동지) 군이 내가 일시 머물고 있는 전주(全州市) 처소로 와서 보고하기를, 1 · 4후퇴 때 자기도 두 번째로 피난을 하게 되어, 어르신께서 맡긴 공적인 물품과 사적인 물품을 태국 군과 분담해 보관키로 하고, 임정 공인상자와 기타 물품 절반을 자기가 가지고 서울을 떠났으며, 그것들을 경기도 안성군 읍내에 사는 한 친구 집 지하에 매장하였더니, 그 뒤 기이하게도 하필이면 그 장소가 (로켓탄에) 공습을 당하여 (임시정부 국새를 비롯하여) 공인이 모두 재로 바뀌거나 부서져 버렸다고 하였다.

　이 말을 듣는 순간 느꼈던 그때의 상심을 결코 잊지 못하고 있는 나로서, 이제 또다시 이런 날벼락 같은 사변(문헌 분실)을 설상가상으로 겹쳐 당하고 보니, 무어라 지금의 이 심정을 말로 표현하기가 어렵다. 옛 역사에도 변란으로 중요한 역사문헌이 소멸된 예들이 간혹 있기는 하지만, 이런 경우는 자못 상식 밖의 드문 일이라고 인정하고 싶다. 더구나 우리 민족이 갱생의 문을 열고 앞날을 개척해 나가는 이때에, (민족)정기의 본보기로 삼을 만한 이 물품이 한결같이 흔적도 없이 사라짐은 아마도 민족의 운명이 아직도 암흑에서 맴돌게 됨을 일부 상징함이 아닌지 하여, 더욱 슬프고 두려움 섞인 비탄을 금치 못하게 된다.

따라서 잃어버린 유물 가운데서 비록 찢기고 부서진 것일지언정 단한 조각이나마 이 세상 어느 한 구석에 남아 있어, 다행히도 하늘이 도와 불행한 시기에 되찾을 수 있다면, 그것은 마치 용의 비늘과 봉황의 발톱과 같은 상서로운 물건을 얻은 것처럼, 우리 민족에게 위로와 기쁨이 될 것이거늘…! 나는 한 가닥 남은 앞날의 희망으로 그리 되기만을 빌어 마지않는다.

대한민국 기원 35년 (1953년) 10월
조경한, 삼가 눈물로 적다.